點睛師

金車奇幻小說獎傑作選

Content

目次

【第二屆金車奇幻小說獎評審團好評】

首獎．〈盲眼小女孩看見奇幻之城〉／巫玠竺

以盲眼小女孩無邊的黑夜，道出角落人生不被體會的寂寞，作者的筆端，充滿想像力與同理心；練達的文字，將寓言般的意念傳遞得頗為精準，而奇幻的元素更令故事渲染上瑰麗的色澤。這篇童話氣息的奇幻小說，是實至名歸的首獎之作。

特優．〈玄牝之門〉／瀟湘神

開頭以面紗美女比喻豐饒上海，巧妙的點出題旨，隨即筆鋒一轉，描寫鮮亮城市底下的腥爛之處，則讓小說有了更深一層的內涵。選擇以女性觀點來陳述男性社會，心理描寫精準又細緻，而貫穿全篇故事的「太陽功」與「太陰功」，也有很棒的象徵意涵，顯見作者邏輯清晰、敘事技巧高明，是個寫作能手。

中英夾雜之處，過於刻意，反而阻礙了故事流暢，稍稍扣了分，非常可惜。

優選．〈點翠師〉／溫亞

怎麼樣掐絲拉線、扭編成型，做出一支蝴蝶髮簪……，作者以抒情筆法寫出了點翠師傅的專注、執著以及癡情。

我亦喜歡作者對於九重城的描述，具象又富於奇想（譬如，蘭芷穿著軟鞋穿越的一段寫得極美）而城分九重，人民帶著出身與階級的烙印，雖是奇幻小說，作者對人世間差異的批判亦寓意其中，讓古典的故事映出多一重鏡象。

優選．〈窗戶城市〉／彭靖文

在決審之前，窗戶城市是我最喜歡的作品。我喜歡它有「視覺」，從字裡行間我可以很鮮明地看到作者描述的畫面，而裡面的情節流暢，讓我在閱讀時毫無干擾，這是很棒的一種成就。

優選．〈半錦年桃花殤〉／周祉譽

這部作品給我的讀後感覺，就是它很優美，美得像一首詩。我自己並不是讀詩的人，對於詩的承受度並不高，我只喜歡混然天成，不需要任何前提就能進入的詩。而這部作品做到了這一點。

【各界名家推薦】

《點翠師》收錄的四篇故事，分別在不同面向，以截然不同的風格，綻放出各自的風采與奇想，反映著台灣奇幻創作的奔放與多元，以及豐沛的創作能量！

——**李伍薰**（倪匡科幻獎／全球華語科幻星雲獎作家）

以菌類和蕈類為基底架構出來的硬奇幻，在短短的篇幅中創造出了龐大的世界觀以及扣人心弦的故事，過人的創意和洗鍊的文筆令人驚佩。

——**小鹿**（輕小說名家）

以現實孕育幻想、再藉由幻想成就現實。這是四篇故事共同的迷人之處，更是我們不能缺少奇幻故事的原因。

——**月亮熊**（奇幻小說家）

《點翠師》是個文情並茂的優秀作品，在幻想設定中結合了屬於東方的審美，並融入特殊的文化局限性，為人物衝突立下基調。一些關鍵資訊以巧妙的方式透露卻不過度闡明，讓讀者沉浸在香詞瑰句之中，仍能沿順渾然天成的脈絡直達故事終點。

本故事最吸引我的是魔法的呈現方式。《點翠師》的法術體系主要透過人來彰顯，每一位角色都握有獨特而雅致的能力，呼應了角色本身的性情，命運，和執著。

對於一個中短篇而言，架構上的階段性戲劇張力相當引人入勝。感覺這僅是一個更宏大的世界觀的鋪墊，期待後續作品。

——**余卓軒**（奇幻作家／奇幻基金會文學獎、角川輕小說大賞得獎者）

第二屆・優選
〈點翠師〉

溫亞

作者簡介／溫亞

畢業自中文系，現任職於出版社。喜歡閱讀、旅行和寫作，偶參加徵文比賽，也曾獲得一些小獎。閒暇之餘會參加讀書會，或將自己旅行和讀書心得發表於部落格，自得其樂。

某天與朋友參觀故宮的皇家風尚珠寶展覽，買了一本珠寶圖冊。當時戲言有天要以這本圖冊做為材料寫一篇小說，這便是〈點翠師〉的由來。

巫塔祭祀的大鐘敲了三響，渾厚卻高昂的金石之聲一波一波地向外迴盪，這一刻，靈國的百姓不約而同停下手邊的工作，昂首閉眼沉浸在莊嚴綿長的鐘聲中。

許多人從未聽過如此悅耳的聲音，瞬間五感為之籠罩，心裡不自覺湧出感動歡喜之情，而曾經聽過這鐘聲的老人更是情不自禁流下了淚水——

隔了五十多年，上神終於再次賜給靈國一個神聖的巫女皇后！

天祐靈國！天祐吾皇！

百姓們紛紛跪下祈禱，感謝上神。隨後是一連串的笑聲悅語，在上神賜福的這天，辛勤的靈國百姓們都忘記了他們的工作，食肆酒肆的老闆大方地供佳餚美食，街邊歡宴，青春少艾吟歌躍舞，即使落下了綿綿細雨，也澆不熄他們的熱情和喜悅。

從官道上奔來的疾疾腳步聲突兀地劃破了這慶宴的氣氛。

穿著飄逸的黛青色深衣的少女疾走在可供車馬馳行的大道上，木屐在青石路上奏出如歌的清脆響聲，飛濺的雨水染深了裙襬，曲裾邊緣若隱若現的禽鳥刺繡也為泥水蓋住了大半。

在車馬停駛，大道上充斥著普天歡慶的人們中，少女沉著的表情和奔走的樣態顯得格外醒目，然而越發大的雨聲掩蓋了她的異樣，即使有擦肩而過的人們注意到了她的倉皇，轉眼也讓遞來的酒水轉移了目光。

不多時，少女便從官道轉入工匠群聚的街坊小巷中。

靈國國都鶉火城階級嚴明，以皇族、巫者，以至宦官、百姓、工匠、商人等自內向外分布，聚落為圓，街道為方，不同階級的大小方圓交錯，一重又一重，根據不同階級，居所劃分鮮明。大道簡潔、小道複雜，自高空俯瞰鶉火城的街道巷弄，竟宛若一朵流動的火焰。

比起外界的喧囂，本該各種器聲交雜、人聲鼎沸的工坊卻是寧靜，總是少不了學徒們來來往往的街道，更是空無一人，別說是師父們的喝罵聲了，此時位於鶉火城中第四重城的工坊聚落竟是杳無人煙。然少女彷彿全無所覺，只一意地趕往第四重城的底處——那是皇城中占地最大、建築形制最為肅穆的工坊，也是皇家御用珠寶匠坊，重翠坊。

和第四重城外圍不見人影的空曠截然不同，重翠坊裡裡外外擠滿了人，甚至連寬敞的院中都無法容納，許多人不惜淋著雨，也佇立在院外不時向內探頭探腦。奇怪的是，這麼多人不約而同保持了安靜，即便他們的臉上掛著焦心和不耐，卻沒有人吭一聲。

「阿兄！」

少女撥開人群就要往內擠，立刻給人拉住，示意禁聲。

「蘭芷姑娘且慢，妳阿兄正著緊，可勿擾了他。」攔了蘭芷的人並非重翠坊的工匠，而是身分低微擠不進院中、附近工坊的學徒，他情急之下拉了蘭芷的衣袖，又怕褻瀆了她慌忙地放開，只囁嚅地說，細若未聞。

眼前這約莫只有十二、三歲的小姑娘，容貌嬌美、氣質高華，雖常著色澤淺淡的深衣出入匠之居，但匠人學徒們心裡明白，蘭芷姑娘的身分高貴，非他們一般小民所能觸及，連她口中時常呼喚的「阿兄」，也不能與之比擬。

在靈國，只有平民或者階級卑下之人才會投身工匠行業，即使是為皇家服務的匠師也不例外，而只要選擇從事為匠，階級甚至比平民更低一等，除非能力出眾，能成匠師，要不一般百姓不願屈身這個行業。

蘭芷根本沒注意到學徒的話，不耐煩地皺著眉，卻仍好聲好氣地說：「我真有急事找阿兄……」

蘭芷話未完，重翠坊中傳來震耳的歡呼聲，蘭芷與那學徒頓時朝內看去。

學徒一愣，後與外院圍觀之人興奮大喊：「成了！成了！錆羽過了考驗，我四重城又出華匠師了！」

他們是那樣熱烈地擁抱、歡笑，對同伴的成就感同身受地榮幸和驕傲，他們的喜悅歡騰與四重城外慶祝巫后現世的百姓如出一轍，然而這兩件喜事放在一起，又是多麼可笑的悲哀……

蘭芷靜靜地看著四周洋溢歡笑的人們，這樣想著。

她呆滯且面無表情地站著，像個木娃娃，跳躍揮舞的人們不能影響她分毫。她站著看著，在仍下個不停的雨中，流下了眼淚。

朦朦朧朧，重翠坊中年輕的男子被簇擁著走了出來，成功升級的狂喜在他英俊的臉上張揚。

蘭芷哽咽地呼喚著他：「阿兄。」

她的聲音太破碎，一連喚了好幾次，錆羽才在喧鬧的雨景人群中注意到她。

「蘭芷？發生何事？怎哭了？」錆羽擔憂地問。

雨下得這樣大，怎麼也不撐把傘？錆羽看著渾身濕淋淋、頭髮衣服都貼在身上的蘭芷，不禁蹙眉。

蘭芷沒有感覺，盯著他恍然地開口：

「阿兄，怎辦？阿姊她是皇后了。」

錆羽聞言，臉色瞬間煞白。

金、鎏、燃、鑄、華，是天下珠寶工匠師的等級區分。

一名普通的工坊學徒，可能一輩子都無法晉升為最低等的金匠師，縱然天分過人，能夠繪製出精美首飾樣式，能夠鑄造精細別緻的珠寶，若缺少了必要的天賦，不能為珠寶首飾注入靈魂，充其量也不過是畫匠、模匠罷了。

匠師、匠師，少了一個「師」字，其身分地位懸殊不只一兩階級，人們的尊敬崇拜更有如雲泥之別。

在靈國，以及天地四方各國，如同不能為珠寶首飾注入靈魂的工匠不能稱之為「匠師」，沒有靈魂的珠寶首飾也不能稱之為「寶」，使用再華貴寶石打造的飾品，沒有靈魂，上位者是不會使用的，最後只能淪為官吏抑或商人之流配戴。

更有甚之，高官宦者莫不爭相出價，只為能得匠師所出珠寶，以作為身分地位的象徵。

因為，匠師所鑄造的珠寶，能夠結合自然之力，喚醒寶石礦物的精華；因為匠師所鑄造的珠寶，能夠提升激發貴族血脈裡的靈力。

只有能打造有「靈」珠寶的工匠，才配做匠師，一旦晉升匠師，階級躍升兩級，等同官員；最高等的華匠師堪比貴族，四方各國不惜以重金高官許之挖角。

錆羽自小便立志做華匠師。

他出身卑微，比工匠不如，他是一重城出生的賤民之子。

一重城在鶉火城的最外圍，一堵堵聳入雲端的高牆將他們和鶉火城的人們隔了開來，鶉火城多數人並不願意承認一重城，視一重城人為惡瘤、臭蟲，是壯闊富麗的鶉火城的恥辱。

錆羽便是生長在這樣惡劣的環境中，無可遮蔽之屋簷，無可飽暖之衣食，他們只能依靠高牆內丟擲出來的殘餚剩飯過活。

縱然因為早早被挖掘了天賦，錆羽年紀尚小就離開了一重城，記憶深處卻依舊記得那些畫面，那些衣衫襤褸倒在破牆下的人們，那些爭奪牆內拋出殘羹時惡狠狠的眼神。

害怕再回到那樣的生活，也因為他賤民之子的身分從未被掩飾，不願忍受鶉火城內人們輕視不屑的目光，錆羽向來比誰都刻苦。從進入四重城最高等的工坊做一個跑腿的小學徒開始，他抓緊每一個學習的機會，死皮賴臉地跟在匠師師傅身邊，學會如何控制天賦的「靈力」，進而打造最完美的精品。

錆羽一心一意要出人頭地，只要獲得匠師的稱號，他就能夠改變自己的命運，也不再有誰會記得他一重城的出身。

錆羽往後坐倚在重翠坊一角，為防祝融，打烊後的工坊都有專人輪班熄燈滅火，此時錆羽抬眼望去，一片闃黑，只有十五明亮的月光斜斜透入，勾勒出場中打磨器具的輪廓。

繁華轉頭空，對飲只寂寞。

錆羽執起酒壺就口一飲，壺中早已空空如也，他拿高酒壺晃了兩下，見再也倒不出一滴酒液，隨手往地下拋，匡噹一聲，先是撞上了幾個散落的酒壺，撞碎了幾個缺口，最後滴溜溜地轉了幾圈，殘缺的壺口對外盛著月光，就此沉寂。

難以想像，不過兩三個時辰前，這個地方是多麼地熱鬧，而他又是多麼意氣風發。

他在重翠坊幾個大師傅的注視下，將金摻雜些許銀融為合金，以鉗拉出極細的金絲，過程極快力道極其均勻，金絲細若髮，飄揚在火光下只看得到一絲光芒。掐絲拉絲對錆羽來說，已是非常熟練的反射動作，只見他快速地將金絲纏繞在雙手間，竟不需要任何工具輔助，反覆擰編纍形，最後焊接在髮簪胎體上，蝶形逐漸完整。

倘若專注盯看錆羽指尖的動作，必可看見他觸碰金絲的左右手，分別散發出微乎其微金色與紅色的光點，而足以令人驚嘆的是，經他雙手編織而成的花絲，熒熒閃耀，竟不須再經拋光打磨，便由裡透外展現出高貴的光芒——

這就是天賦之人和普通工匠的差別！

錆羽可以感受到手下金絲的脈動，自他的手指潛入他的血液之中，直達他的五臟筋脈，跟著心臟跳動，像是一股暖流，滋潤他全身上下，再由另一手手指回到了金絲之中，每一次的循環脈動都讓漸漸成形的金絲更加耀眼，也使錆羽感覺到自體內深處形於表的忘我舒暢。從他學會了花絲的技巧，學會了如何體會金屬寶石中的脈動，他便深深愛上這種相互磨練的快感。他賦予了原不起眼的礦物石頭華美的一面，而它們給予他力量改變了人生。

錆羽選擇了藍寶石鑲入蝶腹，紅寶石鑲入蝶翅纍金留出的底座，綴以珍珠，並以打薄的玉片鑲入以蝶身為中心延展出的小翅膀，和紅寶石大蝶翅的外圍雲紋中。他的動作細膩，眼神溫柔，像是在做一件稀世珍寶般的神聖。

錆羽眼神茫然，像是又回到不久前那場考驗，雙手緩緩舉起，不意發現右手仍緊握著那支讓他成為了華匠師、備受重翠坊大師傅們讚賞的金纍絲蝴蝶面簪，在僅有一絲月光的照拂下，仍然擁有溫潤動人的光彩。

只有能使珠寶首飾煥發靈光，並擁有冶金、鎏金、燒藍、花絲、寶石鑲嵌等工藝的大匠師，才被尊為「華匠師」。

錆羽不禁低低笑了起來，笑聲蒼涼彷若哭泣一般。

他做到了！在現今四方各國華匠師不到十位數，而靈國華匠師僅存三人的情況下，他以二十歲之齡成為靈國最年輕的華匠師，自此前途無限……可是，他再也無法將這支全心全意打造的蝴蝶簪，做為聘禮插入那如綢緞般的烏髮中了。

明明，他終於有了可與之相配的身分，她怎麼就不多等一天呢……

錆羽額抵住手中的蝴蝶簪，痛苦不堪。

「阿兄……」

不知何時蘭芷走了進來，她已換了一件深藍色的襦裙，臉色蒼白，濕透的髮則散了下來，鬆鬆地在背後束成一束。

蘭芷細微怯懦的聲音在夜晚寂寥的工坊格外明顯，然而錆羽仿若未聞，只深深地把自己埋入手心，掩蓋了情緒，也遮住了蝴蝶簪舉世無雙的光采。

雨已經停了很久，但他們心中的雨卻持續下著，本是親密友好的兩人竟也有相對無言的尷尬情景發生，卻誰都不肯打破僵局。

好久，錆羽冷冷開口說道：「妳還沒走？」

蘭芷用力搖頭，一語不發，像是在跟誰較勁似的，肩背挺直，不肯鬆懈，明明已十分疲累，雙腿輕顫，卻不願示弱。

這一天發生的變故，受傷的、委屈的不是只有錆羽一人。

最親愛的阿姊突然被選中為皇后，隨即就讓高高在上的巫塔長老和皇宮聖使帶走了。阿姊什麼都來不及交代，只嚴厲且怪異地告誡她絕不能出現在巫塔和皇宮來使的面前！她和阿姊在那個冷漠的家中只有彼此，阿姊不在，她也待不下去，趁著服侍的僕役不注意偷跑出府……

錆羽自我封閉在重翠坊，她站在坊外不願離去，或者也不知道能往哪去吧……衣衫盡濕，五月的風仍帶寒意，她感覺不到冷，從來就畏懼她身分的工匠師傅們卻承擔不起她生病的後果，半哄半強迫地讓換了衣裳。但從頭至尾，總是像兄長關心愛護她的錆羽不曾問過一句。

她真的不知道事情怎麼會變成這樣？本來一切都好好的，她和阿姊都相信，也在等待著錆羽晉升華匠師光明正大來迎娶阿姊的那一天，可世事弄人，不到最後一刻，永遠猜不到結果。

接下來該怎麼辦？蘭芷茫然無措。

錆羽終究心軟了，嘆了一口氣說：「蘭芷，妳走吧。姑娘家在外頭待到這麼晚，家人如今必是焦心不已。」

蘭芷悶悶回道：「我不走，阿姊不在，無人擔心我。」她和阿姊被血緣羈絆在那個華麗卻寒冷的家中，但除了血緣，沒了阿姊，她找不著可留戀之處。

復又沉默。

最先投降的，還是蘭芷。

「阿兄，」她仍這樣喚他，「阿姊還會不會回來？」

她的聲音好輕好輕，輕到在寂寥的夜晚也激不起一些漣漪。

良久。

「我也……不知道。」

他只能這樣回答。

蘭芷竟就此不走了，她住進重翠坊分配給錆羽的小院，穿著布衣，束起長髮。工坊聘用了幾個年紀稍大的婦人，負責做些灑掃庭除、料理三餐的雜事，蘭芷表明要幫忙時，嚇得工坊管事急忙拉著錆羽過來阻攔。

蘭芷是貴族之女、未來皇后的親妹妹，住進粗陋的工坊已教人惶恐不安，然錆羽主動將住處讓給了蘭芷，自己搬去和學徒們擠通鋪，又不見蘭家遣人來接，工坊眾人只得故作平常，將所能拿出的最好的事物，都送到蘭芷面前，如此，尚且憂心，深怕招待不周，遑論讓蘭芷行卑下之事，殺了工坊管事都承擔不起。

錆羽卻說無妨，她高興就好。

他知道蘭芷喜愛花草，每日清晨必於花園中對日冥想，時約一刻。重翠坊位於四重城，用地拮据，又有階級限制之故，不可能如蘭芷家中有精緻廣大的園林，不過在宿舍處種植幾棵林木花草，乏善可陳，但聊勝於無。他便安排蘭芷清掃宿舍小院的落葉。

管事無奈。

雖然近日宮中為迎娶皇后忙碌，無暇頒下正式冊封旨意，但錆羽確已晉升尊貴的華匠師，與蘭芷關係一貫又好，無論是錆羽或是蘭芷，都非他可置喙的人，也只能隨他們去。

可除了為蘭芷安排食衣住行，錆羽不怎麼答理蘭芷。他們之間的相處變得冷淡疏離，就像兩不相干的陌生人。

他不問蘭芷為何不回家，也不干涉她在重翠坊的所作所為。

見到蘭芷時卻依然遏止不了心中的疑惑，只因那深刻的遺憾和不甘心。

錆羽問她：「妳與蘭若，是真的貴族？」

事後錆羽冷靜下來，才發現其中不對勁之處。

他與蘭若姊妹認識許久，甚至他能脫離一重城的賤民身分，多虧蘭若姊妹的出手相助。相處長了，他多少知曉這對姊妹在蘭家的尷尬處境，但無論如何，她們是高貴的貴族之女，貨真價實。

正因如此，才顯得蘭若為后的怪異。距離上一位巫女皇后出世，已事隔五十多年，許多事在時間裡淡成傳說，鮮為人知，卻不代表其沒有存在的必要。街頭巷尾悄悄傳出了耳語，從一個人的耳朵傳到另一個人的耳朵，錆羽也聽聞了些許。

上天賜予的巫女皇后，必出身於平民，且必自年幼服事巫塔。

而蘭若，兩者都不符合。

靈國不是沒有過出身貴族或非巫女的皇后，只是她們都不可能是巫女皇后，能以「巫」名冠予后位，象徵皇室與巫塔兩大勢力的聯合，僅有上天所賜的巫女皇后而已。

錆羽不禁心懷希冀，有沒有可能蘭若為后……是項誤會？

蘭芷不明白他為何如此問，露出一個奇妙的表情，遲疑地點頭。

「是吧。」她說。

「蘭若是否曾服事巫塔、侍奉上巫？」

蘭芷這才恍然大悟，「阿兄。」多天以來，她第一次激動地拉住錆羽的衣袖，「阿姊她不是巫女！定是巫塔長老弄錯了！」

蘭芷喜悅之情溢於言表，雙眼亮若繁星，唇角勾起的笑容純粹又嬌美，這一刻蘭芷彷彿又回到那個愛笑愛撒嬌的女孩，不復前幾日的沉穩。

錆羽不知心裡是何滋味，心急地問：「蘭若可跟妳說了什麼？她現在在哪？」話一出口錆羽便知不對，若真弄錯了，蘭若會遲遲不歸？她會任由最心愛的小妹妹滯留四重城卻無動於衷？而……靈國等了五十多年才得之的巫女皇后，有可能錯得了嗎？

蘭芷一滯，「阿姊……阿姊讓我好好的，別回去了。」

蘭芷沒說的是，那天聖使到來前一刻，阿姊好像突然預曉了會發生何事，匆忙地將值錢的金銀財物塞到她懷裡，一雙溫柔的眼與她對視，流露出無可奈何的哀傷。

「香香，聽阿姊說。」阿姊喚著她的小名，堅定細聲地說：「阿姊走後，妳便離開這個家，千萬不可再出現在上重城人的面前。」

她不安，「阿姊，妳要去哪？香香要與妳一塊。」

阿姊悲傷地笑了，「香香乖，阿姊不能再與妳一起了，妳以後要好好的，去找錆羽，看在恩情的分上，他會照顧妳的。」

「阿姊……」

阿姊突然附耳過來，「妳的祕密，切莫讓他人知道，連錆羽都不許說。」

蘭芷真的不曾多言。

阿姊說的，一定是對的。

就算，她再也見不著阿姊了。

錆羽聞言不禁蹙眉。

蘭芷滯留四重城，是蘭若的意思？這是怎麼回事？

蘭芷也發覺巫塔弄錯皇后人選的可能荒謬到可笑，她鬆開了錆羽的衣袖，眼神黯淡，最後只餘一聲嘆息：

「阿兄，我想阿姊了。」

那次對話之後，錆羽和蘭芷不約而同地將疑問放在心底，從此不再提起。

他們像是什麼事都不曾發生過地生活，在一片歡天喜地的慶賀中，唯有他二人顯得落寞不群。

他們所能做的也只有如此。

無論是如何發自內心地牴觸，如何不願意接受，服從皇室的任何決定，理所當然地接受事實，是他們身為靈國子民生來即刻在骨子裡的天性。

也是靈國傳承千年，始終繁盛和平的驕傲。

日子就在這樣看似平靜，實則彆扭的氣氛中過去了。

靈國年輕英武的皇帝陛下即將迎娶神聖的巫女皇后，不但是第九重城的皇城和第八重城的巫塔慎重對待的大事，光是儀禮的準備便要花上整整三個月，鶉火城中除外圍第一重城的賤民，不論是居於上重城的貴族官宦人家，抑或是下重城的平民百姓，莫不將之視為當代盛事，齊心為皇帝大婚獻上最精美的禮物。

第四重城的工坊也不例外。

尤其重翠坊為皇家御用珠寶匠坊，為了進獻皇后儀制的珠寶，更是傾其所能，最高等的寶玉金石源源不斷流入重翠坊，工坊中熱火朝天，靈國最好的匠師們日以繼夜打製最華美的珠寶。

錆羽做為靈國最年輕的華匠師，自是被委以重任。

「點翠師？」

當重翠坊管事提起時，錆羽有些驚訝。

「是。」老管事略帶懷念地說道：「怪道你不曾聽聞，『點翠師』，這名詞已有五十多年不曾出現了，我也是從上任的管事口中知曉。」

老管事話題一轉，「錆羽，你可知皇后大婚，最重要的禮飾為何？」

他心中微微一動，「是……鳳冠？」

老管事點頭，「皇后大婚所戴，為鳳冠。我靈國崇火，皇后鳳冠以花金絲編造，綴以珍珠、紅寶、珊瑚。以告天地，以御女民。巫女為后則不同，佩翠鳳冠，以靈鳥之羽為冠，翠羽飛鳳，栩栩如生。與帝同尊，可祭萬靈。

「為巫后製翠鳳冠的匠師，為點翠師。有巫后始有點翠師。」

錆羽皺眉，「靈鳥之羽為冠？聞所未聞。」

老管事呵呵一笑，拍了拍錆羽的肩膀。「是否真以靈鳥之羽為冠，那便是皇室之祕了。但此之前，須先獲得點翠師的資格才行。不久，宮中將廣發徵選有才匠師，不分四方之國，皆可入選。錆羽，你既為我四重城的驕傲，可願一試？」

錆羽但覺胸口苦澀，有股抑制不了的心酸，彷彿就要從眼眶溢流而出。

曾經有一個人，將他從泥濘深處拉起，給了他改變的機會，卻從不在乎他什麼都無法給她，只要求道：

「蛺蝶慕芳草。錆羽，他日求娶，不見蝴蝶簪，我可不會應的。」

向來溫婉端莊的她，難得俏皮，一抹靈動點綴了她略顯平凡的容顏，在錆羽眼中看來卻是那麼美，那麼美。

他低下頭，淡淡地「嗯」了聲。

如果，無法親自為她插上蝴蝶簪，那麼為她打製大婚的鳳冠，或許是他能為她做的，最後一件事。

然而世事總朝最意外的方向發展。

蘭若當是深有體會。

她跪坐長几前，隨手翻開竹簡，巫塔近年觀測星月與靈國自然變化的記載皆刻字於上。竹簡少人翻閱，竹片光澤如新。一旁堆著給予準皇后參考的婚禮儀制竹簡，相較之下陳舊許多，光澤黯淡，散發出歲月沉積淡淡的香氣。

她身著白色深衣，衣上無任何紋飾，陽光照射下流動著熒光，一頭烏黑的長髮直直的披在衣上，宛如最高貴的綢緞。白衣黑髮，顏色寡淡，卻純粹得招人眼珠。

蘭若盯著竹簡上優美篆刻的文字，始終未曾挪動過視線，不知是否看了進去。

「殿下。」年輕女子跪坐在門外，恭敬有禮地說：「陛下來訪，想見一見殿下。」

蘭若姿勢維持不變，連眼神都吝於給予。

「請待我向陛下致歉，大婚前不宜相見。」她提出古禮限制，疏離婉轉地回絕。

「是。」

女子稽首。只聽見細微的窸窣聲，女子已悄然離去。

不知過了多久，一道高大的身影佇立在旁，全然遮住了蘭若的光線，她略覺不適地眯起了眼，感到身體僵直，腿腳發麻。

「冒昧打擾，蘭君。」一個溫和卻又堅定的男聲響起，「孤非不遵大婚禮制，實有重要之事須得一見。」

蘭若回過神來，不見驚慌，優雅地轉身伏首跪拜，「陛下——」但實在僵坐太久，身體不聽使喚，搖搖晃晃便摔向男子。

「當心。」男子迅速地抓住她的肩膀。

即便男子反應快速，蘭若仍半撲在男子的膝上，臉頰貼著衣料，可聞到對方身上如林間雨後般的清新香味。他彎下腰來，手扶著她的肩膀，像是環抱著她。

「好香。」蘭若無意識地輕喃。

真的好香……好似她要離開蘭芷前，聞到的那股令人不安的香味。

難道，又有事發生了嗎？

「嗯？」男子聽不清楚，動作輕柔地將她扶穩，笑問了一句：「什麼？」

蘭若醒過來，往後退幾步，規規矩矩地行稽首大禮，動作不急不緩，不亂方寸。「見過陛下。」

她直起背，雙手自然交握在膝，眼簾垂下，不敢直視，纖長的眼睫一搧一搧的，在她寧謐的臉上顯得那樣生動。

男子笑嘆，「卿多禮了。」

蘭若不答。

男子不以為意，正想說些什麼，眼角餘光掃到几上的書簡，想起看到蘭若時，她專注地閱讀，竟沒有察知周遭，不禁好奇，「卿讀甚？聚精會神，竟不聞窗外事，連孤到了都沒發現。」

男子似是隨口一說，開玩笑般的口吻，也無追根究柢的意思，不料蘭若沉默了一會，才淡淡說道：「不是，不是在讀。我……並不識字。」

空氣陡然凝滯住了，男子不發一語，高大的身影矗立在蘭若的正前方，遮住了所有的光源，壓抑且緘默的片刻，低頭的蘭若依然可以感覺到男子炯炯的目光正直直注視著她，彷彿要看穿她的表象，揭開她的謊言。

「卿不識字……」男子重複咀嚼這幾字，聲音依舊溫和，卻已不帶笑意。

「是的，陛下。」蘭若平白直述，「律法有云，非官家子不得學，非王者不可有書，女非巫者無識。」

靈國傳承千年，知識一直掌握在上位者手裡。官者恆官，王者恆王。甚至制定了嚴格的律法，只有高等官員和貴族才可識字讀書，女子只有巫者能受教育，書籍史冊更僅存於皇城和巫塔中。

只是傳承千年以來，律令邊界模糊，慢慢鬆了繩索，上重階級普遍能識字，甚之有部分家境好的百姓能知百字，然多是口耳相授，書籍文字仍被皇室牢牢把持。

蘭若雖不事巫，畢竟出身貴族，卻不識字，那麼她剛才，是在想什麼呢？

「無妨，卿若想學，以後孤教妳。」男子溫言道：「卿須同孤協理皇城，不識字多有不便。」

「是。謝陛下。」蘭若有禮地俯身，才微微前傾，就讓男子阻止了。

「孤說了，卿無須多禮。」男子為蘭若疏離的態度感到不快。「難道妳我二人日後相處，也要如此講究？」

蘭若抿唇不語。

男子嘆氣，頓了一下，又說：「卿不敢看孤？」

蘭若輕輕地說：「不敢冒犯。」

「那麼，孤允妳，抬起頭來。」

蘭若只覺得那聲音充滿了無法抗拒的力量，令她不由自主地仰頭，望向那個背光的男子——靈國皇室第四十五代傳人，玄煜。

她第一眼注意到的，是他的衣裳。

這個人身分高貴，即使穿著再華美再柔滑的織錦絲繡亦不為過，然他只穿著了絳色的廣袖袍服，只在束腰的衣帶和衣緣以黑色絲線繡上了雲紋，相對他的身分，竟是樸素簡單得令人驚異。

再然後，她看到的，是他的雙眼。

午後的陽光斜斜地自他身後灑射進來，猛然向著光線的她一時看不清楚他的容顏，朦朧中他的雙眼炯炯，如吸引飛蛾撲火的燈，是唯一的仰望和崇拜的所在。

蘭若由衷生起一片敬畏，不覺恍了心神，腦中一片空白，只能聽話地注視著那深邃如無底之窟的眼眸。

雖然僅有一瞬，蘭若便尋回意識，慌忙地又低下頭，卻揮之不去心中的怪異之感，和彷彿還留存著的虔敬惶恐。

「陛下前來所為何事？」蘭若的聲音顯露一絲不安，不復方才冷淡多禮的模樣。

「這些天各地進獻了些貢禮，孤瞧著重翠坊獻上的一支簪子不錯，便想著給卿送來了。」玄煜似乎沒有察覺到蘭若的異樣，笑說：「卿應聽聞過重翠坊，為皇家打製首飾多年，倒還合用。」

蘭若無法控制，僵硬地抬起頭，才發現玄煜手上始終執握一木盒，卻聽他繼續說道：「卿該知道，匠師所製之首飾，佩之能使五臟和、七竅敏，氣順心平而靈能發，越高等的匠師，所製首飾使靈力揮發越加流暢。製作此簪的匠師還很年輕，工藝卻是不俗，不輸給高等匠師之作，倒是難能可貴。」

玄煜將木盒遞給蘭若，蘭若有些顫抖著接過了。

她閉上眼，深深地吸了一口氣，平緩內心洶湧的情緒。

「陛下費心了。」

玄煜若有深意地看著她，「卿不喜？怎不開之？」

蘭若輕輕撫摸手裡精緻的木盒，九重城之物都是最好的，連裝支小小的髮簪的木盒，也是精雕細琢，觸手潤滑如玉，木有沉香。

那似有若無的香氣絲絲縷縷地鑽進蘭若的感官，明明是清新淡雅的香氣，蘭若卻聞之欲嘔，心跳加速。

她白皙的額角沁出了汗。

一定有什麼事發生了，從小便是這樣，每當身邊莫名出現如夢似幻，只有她能夠嗅聞到的香氣，就是在預示事件的發生。

第一次，是娘親出事；第二次，她和香香被接回蘭府，成為了貴族之女；第三次，她不明就裡，下意識護住了香香，進了巫塔；這一次，又會是誰出事？是香香……還是錆羽？

玄煜見蘭若明顯不安的模樣，卻是滿意地微微一笑，放重了音調，哄道：「卿看看吧。」他的嗓音本就溫潤渾厚，有穩定人心的特質，一旦用心，更加魅惑。

蘭若不由自主地遵循玄煜的指示打開了木盒，一支光華璀璨的金纍絲蝴蝶面簪靜靜地躺在盒中。

極細的金絲編織成蝶，纏繞住澄澈的紅藍寶石，宛若嬰孩拳頭大小的蝴蝶栩栩如生，用了許多珠玉寶石，卻精巧不顯笨重。她不必細看，便知這蝴蝶簪出自何人之手。

玄煜的聲音在耳邊響起，「可惜製此簪的匠師太不知禮，不清楚身分尊卑，犯了忌諱。」

蘭若一驚，「他怎麼了？」

玄煜面帶笑意，聲音卻極為冷酷，「賤民就是賤民，出身一重城，即使有幸脫籍進入工坊學習，也該認清自己的身分地位。進獻未來皇后的貢品，憑他的身分，他也獻得？」

玄煜瞥過蘭若呆愣的表情，嘖嘖嘆道：「據聞此人天分出眾，是位優秀的匠師……可惜了。」

玄煜並無直言，蘭若卻聽得心下一冷。

他知道！皇帝必是知道她和錆羽的過往！錆羽對她向來以禮相待，未有踰矩之事，只是以九重城之主的心思，怕也容不得錆羽的存在。送她這支蝴蝶簪，警告的意味多些吧。那麼錆羽呢？一個身分卑下的匠師會是什麼下場？香香呢？若錆羽出事，那她暗暗託付錆羽、她心愛的妹妹，現在會在哪裡？

「卿也不必多想，這簪留著也罷，只是以卿身分，勿要現於人前才好。」

說完，玄煜不等蘭若反應，轉身就要走。

「陛下且慢。」

他回過身，蘭若已恢復冷靜自持，主動抬眼定定地望著他。

「我聽聞，陛下近日廣徵能製鳳冠的匠師？」

玄煜挑眉，「卿不必費心，此事已有禮部官員負責，而且……」他頓了一下，「能製皇后鳳冠的匠師，不為普通匠師，須得是華匠師才有資格一試。」

「據我所知，華匠師萬中無一，我靈國地靈人傑，卻也只得三人。」蘭若面無表情，像是講述一件小事般地平淡，「三人中能為點翠師者，也許一人皆無。」

蘭若入巫塔多日，也明白許多「巫女皇后」的禁忌，比如，巫后不是人人能為，又比如，巫后大婚冊封之日，必戴翠鳳冠。

否則，禮不全則名不正，名不正則言不順。

玄煜斂了笑意，「卿是何意？」

「陛下可知，那錆羽正是華匠師。」蘭若笑了，平凡無奇的臉霎時生動嬌美，「陛下因一時忌諱，要減少翠鳳冠製成的可能嗎？」

看到這支蝴蝶簪，蘭若便知，錆羽已經達到了他渴望的目標，或許就在巫塔祭鐘敲響那日。只因為他曾經對她許諾：

「蘭若，待我為妳打製蝴蝶簪那天，必也是我成為華匠師的一日。」

他終於，完成了他的夢想，可是他們的夢想，卻永遠沒辦法實現了。

欲加之罪，何患無辭？

生在靈國二十年，這是錆羽第一次心懷忿怨，沸騰的怒火燒灼他的五臟六腑，驅動他的血脈，他那雙用以編織金絲的雙手隨著他的情緒，散發淡淡的光芒，周圍空氣自他的雙手處逐漸升溫，形成小小的漩渦，彷彿扭曲了空間。

鏘的一聲，一項物品砸在錆羽身旁的鐵杆上，驚醒了他的神志，飛濺的碎片劃過他的臉頰，留下了血痕。

「新來的，有完沒完啊！你不熱老子可熱得很！」

錆羽循聲望去，一個蓬頭垢面的老頭盤踞在隔壁牢房的地上，正一手抓著飯往滿是白鬚的嘴裡塞，那被扔擲過來的則是一只空碗。

他一語不發，垂下眼眸，手尖的光芒轉眼消失無蹤，而溫度也漸漸降低。

聞聲而來的牢衙，不悅地以長刀敲擊牢房的柵欄。「吵什麼吵！想死嗎！」

老頭陪笑道：「頭兒，沒事，沒事！都是這新來的作怪，我訓斥他了，已經沒事，不會再擾了頭兒。」

牢衙冷笑，「訓斥？你也配，一群廢物。」

牢衙不屑的目光毫不掩飾。有人自然有紛爭，偌大的靈國不可能毫無犯罪，城中的牢房自也關押了不少罪犯，但都與皇城大牢中的罪犯不同，靈國子民的天性就是服從，再窮凶惡極的惡人也不敢對皇室和巫塔有絲毫不敬，那是比抽筋剝骨更教靈國子民難以忍受的事，是活生生更改靈魂的痛苦。因此，因侵犯了皇室而被入罪的犯人，會得到所有人的鄙視和輕辱。

錆羽聽得難受。老頭卻不以為意，嘻嘻笑道：「頭兒說得是。」

牢衙被吹捧得也沒了脾氣，咕噥了幾句便走了。

老頭才轉向錆羽，哼道：「喂，小子，你還拿自己當根蔥？不想惹麻煩，就把那吃人的眼神收起來！」

錆羽冷笑，「想惹麻煩又如何？不想惹麻煩又如何？」

「不如何。」老頭說：「華匠師也沒什麼了不起，不過是只會做小玩意，沒腦子的蠢人！」

「你怎麼……」

「我怎麼知道？華匠師果真沒什麼了不起。」老頭背靠牆，嘲諷說道。

錆羽瞪著他。

蘭芷從沒如此心慌意亂過。

五歲那年，和她們姊妹相依為命的娘親去世了，為了給娘治病，她們花光了家裡所有的積蓄。娘親走的那個冬日，屋外下著淋漓大雨，破落的磚屋裡也下起了叮咚的小雨，連夜未止。米缸中僅存半碗陳米，她們姊妹的未來無依無靠，連為娘安葬的錢都不知道往哪兒去找，她卻一點都不覺得害怕，有阿姊在，她不怕。

也是在那一日，她發現自己能和死去的娘親說話，可阿姊不讓，次日一早，娘就消失了，從此，她再沒看過娘。

她比阿姊要早知道，她們是七重城裡貴族的私生女，是死後的阿娘告訴她的。只是她誰都沒說，因她知道，七重城的生活，是她和阿姊都不想要的負擔。

那時她們初見錆羽阿兄。

雖被劃入鶉火城，一重城卻與鶉火城中涇渭分明，被高牆隔開來，輕易不讓鶉火城最醜陋的一面現於人前。

但當時，她們的處境比一重城的乞丐賤民真好不了多少。

年方十歲的阿姊，為了養活她，在餐館裡幫活，其中一項工作，便是在深夜運送廚餘至一重城丟棄。

阿姊不放心她夜晚一個人在家，萬籟俱寂的夜晚，常常只有她和阿姊吃力地推著沉重的板車走在路上，咕嚕嚕的車輪聲和她們的腳步聲在無人的街道被無限放大，一直到今天她都還記得。

她們是在傾倒廚餘時認識阿兄的，那時阿兄已經十二歲，看起來卻比阿姊還要瘦小。闃黑中上演一幕幕殘酷的奪食畫面，她注意到只有阿兄蜷縮在牆角，靜靜等待人群散去，但那雙隱藏在黑暗中的眼睛，如同野獸般凶狠發亮。

這不是平常人的眼睛，這個人，也很奇怪，他不該屬於一重城。

直到她們被七重城的貴族父親找到，並接回了蘭家，她都還忘不了那雙如野獸般的眼睛。於是她求了阿姊，想辦法將阿兄從一重城的腐敗中帶出來，入了四重城做了學徒。

可能因此有了牽念，她們和阿兄越走越近，比和父親那邊更像一家人。

她們的父親位居高官，是王族旁支血脈。七重城的蘭府富麗堂皇，占地廣闊，她和阿姊能分到一個比原有的家大數十倍的院子，但她非常不喜歡。

她和阿姊說，蘭府太大太寂寞，雖然空曠，卻很「嘈雜」，充斥許多惡意，讓她很不舒服。她只有在阿姊懷裡入睡才不害怕，阿姊身上有股香香的味道，可以驅散惡意的臭味。阿姊老是喚她「香香」，其實阿姊才是靈魂芳香之人。

阿姊依然為她扛起了一切，在規矩繁複講究的蘭府，她能夠如同從前一般隨意自在地生活，甚至出門找阿兄玩，無人阻止。

當她以為日子會這麼保持下去，或許到阿兄成了華匠師，娶了阿姊，他們搬出蘭府，還能一直在一塊，突然的一道聖旨奪走了阿姊。

相依為命的阿姊就此不見了，所幸還有阿兄，她不至於慌了手腳，可她萬萬想不到，一支進獻給阿姊的蝴蝶簪竟會成為阿兄的罪名！

阿兄已晉升為華匠師，那支蝴蝶簪連重翠坊老匠師們都讚嘆不已，她不信會有什麼不妥！這分明是針對阿兄的陰謀！當天一個分隊的皇城禁衛軍囂張闖入重翠坊，不由分說押走了阿兄，阿兄臉上的憤怒和不可置信那般強烈，崇拜他的工匠學徒們、倚重他的匠師們卻各個沉默以對，袖手旁觀。

她霎時慌了。

阿姊不在了，若連阿兄都要被九重城奪走，剩下她一人要怎麼辦？

她幾乎要衝出去，是老管事死死拉著她，氣怒得眼睛都赤紅的阿兄，也微微地朝她搖頭，示意她絕不可貿然站出。

冒犯陛下，是靈國最大不韙的罪，是一個人沒了天性的證明。

她哭著看阿兄被套上枷鎖，踉蹌地讓拖走，然後自九重城下告罪名：侵辱巫后。重翠坊上上下下跪接告諭，一片鴉雀無聲，無人願為阿兄辯駁。

侵辱皇后，呵呵，真可笑，阿兄怎會侵辱阿姊呢？

不過短短數日，她小小的世界天翻地覆，陌生得讓她無所適從。

錆羽被帶走的這個深夜，蘭芷孤身在錆羽居住的小院中，靜靜地站了很久很久，不知過去了多少時間，她彷彿全身失了力氣，滑坐在地，把頭埋在膝蓋間。風呼呼地吹，遮蓋住她細微的哭聲。

「阿姊……阿兄……我要怎麼辦……誰告訴我怎麼辦……」

靈國最森嚴的牢房所羈押牢犯並不多，牢衙威懾後自去吃酒，這一角的牢房只關押了錆羽，和那一名看來已拘禁多年的邋遢老頭。

「你到底是誰？」錆羽沉聲問道。

老頭並不理會錆羽，徒手扒完飯後，隨便在髒汙到看不出原色的衣上抹了兩下，便倒下背對錆羽席地而睡。

「你是華匠師？」不，不對，現今華匠師都是有數的，且沒聽說限於囹圄……除了他。錆羽嘲諷地笑了笑，又接連提出幾個可能：「你是工坊管事？官員？……還是皇城聖使？」

老頭依舊置若未聞，甚至打起了響亮的呼嚕。

錆羽眸光一閃，低聲卻清晰地說道：「你說我此刻大鬧，質疑陛下不公，冤我入獄，如何？」

老頭呼嚕聲戛然而止，他翻過身來，語氣頗為不耐，「我說新來的，你還真把自己當根蔥啊，你要吵便吵，要鬧便鬧，與我何干？」

錆羽附和，「是無關，你睡你的，毋須多加理會。」

老頭一噎，也火了。

他坐起身，冷冷地說：「很好，既如此，看在我們比鄰的緣分上，我與你說最後一件事。看到這腿了嗎？」

他拍拍右腿，錆羽定睛一看，才發現老頭右膝下褲管空蕩蕩一片，不禁吃驚。

「巫后大婚，極需翠鳳冠。你作為華匠師，方此當時，你於牢中怕是沒多久了。但出是出得去，會不會少條腿就說不一定了。」

錆羽沉默了一會，問：「那你呢？」

「我？我都快死了，還管出不出得去，再說我可不是華匠師，自然沒那麼『好運』。」老頭怪腔怪調地說。

「我怎知你說的是真是假？華匠師非我一人而已，既已加了桎梏，如何會輕易除去！」錆羽充滿怨恨地說。

老頭嗤笑，「小子，你知不知道巫后對『九重城』有何意義？翠鳳冠又有多重要？可以說沒有翠鳳冠便沒有巫后。你以為隨便一個華匠師就可以做翠鳳冠嗎？點翠師雖出自華匠，可沒說華匠師必出點翠！當此之時，只要是華匠師，九重城主便不會輕易棄之！」

錆羽隱約明白老頭所言為是，重翠坊的老管事家族世代為皇家珠寶坊之僕，從他對錆羽、對翠鳳冠的重視，此事當非同小可。

他晉升為華匠師不久，老管事才剛上報，又逢巫后出世，禮部尚未頒與正式冊封。若已獲得冊封，想必那尊貴之人也會有所顧忌。但如老頭所言，性命能保，少條腿真不妨事……

錆羽冷笑，雙手緊緊握拳，一腔忿恨不知往何處傾倒，他的牢獄之苦來得如此荒唐，去得也極為可笑。他明明什麼都沒做，卻受無妄之災，又因他有些利用價值，便能釋放他。是否發現他做不了點翠師，又要重回囹圄？

靈國人，服從皇室是天性，是靈魂中的烙印，受了委屈，也不能怨，不能苦。但錆羽不知為何，血液奔騰喧囂吶喊著不服，幾乎要衝破他靈魂中對於服從的封印，他就是無法不怨！無法不苦！

為什麼！為什麼他服從不了，不能接受心愛的女孩做了尊貴的巫后，不能接受他無故的罪責！服從的天性和對皇室的怨怒在他靈魂深處拉扯著，痛得他彎下了腰。

錆羽突然狠狠地握拳往地面一擊！

老頭眉頭一挑，喝道：「你這是在做什麼！你手要不要了！」

錆羽右手已紅腫，他卻感覺不到痛，只因那靈魂破碎之痛比手痛更深刻。

他卻不語，早已痛得說不出話來。

「嘿！小子，你怎了？」老頭也發現不對勁，就要大聲呼喚牢衙。

「別……」錆羽阻止他。

老頭也不是什麼熱心腸之人，見錆羽一意不肯也不願多理。

「罷了，你愛如何便如何吧。」老頭冷漠地說：「死在這牢中也非壞事，反正出去也是個死。」

錆羽重重地喘了幾口氣，感覺身體內部撕裂的痛緩了許多。

「為何這麼說？」他問道。

「你以為出了牢作了點翠師便成一生榮耀？」

錆羽不答，他心裡知道，即使他作了點翠師，卻輸了心愛的女孩，那榮耀於他，又有何用？

「你可知我父是何人？」老頭目光炯炯有神，冷笑道：「我父為上任巫后製了翠鳳冠，卻突遭橫死，我全家或死或殘，均陷牢獄，如今只剩我一個，但我父有何錯？我有何錯？你今日出了獄作了點翠師，是個死；你出了獄做不了點翠師，也要回牢中等死！」

錆羽驚詫不已，「你是……？你的父親是……？」

「我父為，五十多年前為巫后製翠鳳冠的，點翠師。」

老人驕傲地說，同時雙眼燃燒著瘋狂的色彩。

不久，便熄滅如死灰。

這個夜晚不眠的人不只一個。

九重城之主玄煜，這個國家最尊貴的人，屏退了所有服侍的奴僕，獨自站在皇宮最高樓，俯視他所擁有的天下。

靈國並無夜禁，而皇都鶉火城為天下四方最興盛的大城，深夜不滅其繁華。

鶉火城又分九階。

九重皇城，八重巫塔，七重王府，六重官居，五重民房，四重匠所，三重商會，二重青樓，一重賤地，寧為匠，不做商，寧為官，不做民，最最不可做那一重賤——是鶉火城中孩子都琅琅上口的順口溜，也具體反映了鶉火城的概況。

玄煜居高臨下，遙望鶉火城裡點點星火，已近深更，三重城的晚市收了攤子，人潮散去，各自返家，只有那二重城仍熱鬧非凡，燈亮如晝，遠遠望去，玄煜也能想像那鶯聲燕語和翻飛的衣袖。

鶉火城，不，是整個靈國，沒有玄煜不知道的事、無法掌控的地方。他從知事開始，就學習著做九重城主，天下萬物，莫非我屬，以靈治靈，號令天下。

他向來做得很好，唯獨今日，漏算了一步。

玄煜閉上眼，呼喚血液脈絡中的力量，往外推展，霎時鶉火城暗夜又顯得更加靜謐，連犬吠蟲鳴之聲都不可聞。那股神賜的力量，還是那麼強大，未有一絲一毫的減損，可是，他為什麼會覺得不安，感到天下逐漸從他的掌心中溜走？

不過是一個消息的遲報，何以令他心憂？

那錆羽，放出來也罷，難道九重城會因此動搖不成。

但玄煜不得不承認，自從證實錆羽已是華匠師的消息，他心中便再也無法平靜。

他並沒有想到自己將會迎娶一位神聖的巫女皇后，靈國傳承千年，以巫女為后的皇帝並不多，尤其傳承越久，巫后出現的頻率越低。

上一次巫后出世，是五十二年前，是祖父登基不久後之事，自然迎娶了巫女，也便是他的祖母。但在祖父之前，將近百年都未曾出現過巫后，可代代相傳，後代子孫若遇巫后出世，必迎之娶之，相敬如賓。

這是靈國千年不衰的祕密，也是九重城之主的使命。

他原以為他會將父皇口頭傳承與他的皇室之祕，如法炮製傳給他的孩子，已然二十二歲的他，也開始在世家名門家中物色千金淑女，不覺巫塔上書：「夜觀星象，巫星橫空出世，軒轅大星漸微，煜帝之后必巫女也。」

玄煜驚訝，卻也安然接受，同巫塔長老在所有年輕巫女中尋找未來皇后，卻遍尋不著，最後還是長老以生命精血算得一卦，卜出巫后乃世家蘭府之女。

同夜，長老祕密進宮，向他進言：「陛下，巫星有變，有禍星犯巫星，光亮失芒，隨入中宮，后犯小人，望陛下當心。」

如果沒有長老建言，他許是不會對一個小小的匠師做什麼。對九重城之主而言，巫后是誰不重要，她的過去也不重要，重要的是安安分分嫁入皇室，為靈國生下優秀的繼承人。然長老一言，不得不令他多心。

他自小便受告誡，巫后之事，當慎之又慎，一步也不可出錯。

可為何，這場婚禮，仍充滿太多未知的變數？

到底，是從哪裡出了錯？

「孩子，你記住，若上天賜予你巫后，你當予她世上最美好的一切，最崇高的地位，以及全心全意的愛護。然與之相對，你要奪其所有，成其依靠，決不允有任何事物使她與你對立，即使是你們的孩子也不為例外。巫女是神的使者，但你要是她的主宰。

「當巫女出世，必會伴隨一位點翠師的覺醒。點翠師於你的重要性，更勝於巫女。你要找出這名點翠師，不放過任何一絲的可能，命其以生命為你的皇后打造一頂鳳冠。唯有戴上這頂鳳冠，巫女才真正屬於你。」他忘不了父皇在傳述時冷酷的表情，「點翠師為我皇族流傳在外的血脈，以生命為我皇族造鳳冠，乃其一生之幸。」

他照著父皇的話做了，然蘭若疏離的態度、神祕的笑容，卻似乎暗示著隱患的存在。她與那華匠師錆羽，又有如此的淵源，若那錆羽真是點翠師，還會發生什麼不可測之事？

月落烏啼，東邊天光漸起。

玄煜佇立良久，在雲破日升那一刻，喃喃問道：「可是父皇，一重城出身的賤民之子，可能有我皇族的血脈？可能是點翠師否？我該不該為了那萬分之一可能，放過他呢？」

晨風徐徐地吹過四面空曠的高樓，寒意更甚。

年輕的皇上靜默良久，只為一個答案。

可是，沒有人可以回答。

蘭芷很快就不哭了，可她卻把自己關在重翠坊的小院中，誰都不見，每日僅由幫傭的婦人將三餐放至門外，隔日再來收取空盤。

老管事擔憂，這些年見過蘭芷姊妹和錆羽的相處情形，明白他們之間感情深厚，驀地一個高高在上，即將冊封為后，一個跌入谷底，被捕入獄，但他們最關心最疼愛的小妹妹，卻是孤零零地不得相見。老管事不免為之心酸。

另方面，他也擔心蘭芷抑鬱之下會出什麼意外，他重翠坊擔負不起責任，只好遣人去蘭府通報，不料蘭府竟不予理會，全當不曾有這麼一位小姐。

幫傭收了幾天餐盤，飯菜都是原封不動，立即驚慌地報與老管事。

老管事帶人硬闖入蘭芷的房間，已是人去樓空。

蘭芷沒回到蘭府，她也無處可去，小時候和阿姊、娘親所住的小屋早已年久失修而傾頹。她在鶉火城中生活十三年，說到底，讓她信任且熟悉的也只有蘭若和錆羽。

蘭芷雖不似一般貴族千金，大門不出、二門不邁，也非不知世事的天真小姑娘，但她自小被蘭若捧在手掌心中長大，驀然失了兩個至親，如失了人生方向，一時間茫然無措，徬徨無依。

但她終不是軟弱的性子，雖被蘭若二人保護過度，也是個有主意的。哭了一夜後，她先是閉門不出，她知道依她的身分，四重城上上下下十分在乎她的行蹤，一舉一動都有人關注。於是她裝作傷心欲絕，不與任何人接觸，爭取離開時間上的落差。

她離開只為一個原因。

阿兄被帶走那夜，他院裡的風告訴她，危險將臨。

這就是她的祕密，阿姊再三叮囑不能讓任何人知道的祕密。

她能夠聽見另一個世界的聲音，最初，是親近的死去的人，如阿娘，後來，隨著年紀增長，她能聽見的聲音更多，花草樹木，動物生靈，以至吹拂的風、流過的水、燃燒的火，也能夠帶給她一絲訊息。

因此，蘭芷離開重翠坊，在管制森嚴的深夜鶉火城中走動，不是一件難事。

她決定要去找阿姊，去那除皇宮之外，守備最為嚴密的八重城，巫塔。

風告訴她，她和阿姊、阿兄三人命運緊緊相連，不久將來，必有一人有性命之危。她擔心阿姊、擔心阿兄，唯一不擔心的只有自己。她去不了皇城大牢，但潛入巫塔見阿姊，卻不是做不到的。

蘭芷穿著平民的襦裙，深藍的棉布衣，窄袖束腰，沒有精美的繡紋。她除去了精緻的寶石簪，簡單地梳了條辮子，在髮尾纏上阿兄給她編的金絲梅花，長長的劉海遮蓋她明亮的雙眼。嬌小的蘭芷看來不過是個平凡的平民小姑娘。

蘭芷從四重城離開後，就順著風的指示，繞過如火焰般躍舞的鶉火城巷道，一路自四重城慢慢走向那八重城。

她特意穿了軟鞋，走在平板的石板路上激不起一絲漣漪。

從四重城繞到八重城有些難度，尤其每越過一個階級的邊界，巡邏者越多，五重城民居還是衙門官役，六重城以上便是正統將兵，而八重城更有巫塔自衛軍嚴守，出入管禁嚴謹。

蘭芷剛踏入七重城時，風恰好止了。

七重城為靈國貴族居住之地，也是蘭芷曾居的蘭府所在。七重城為使馬車通行，道路寬廣，宅邸之間以長長的圍牆相隔，路上無樹，防歹人攀樹入侵，一眼望去，空曠地很。

蘭芷對七重城並不陌生，但此刻她卻沁出了冷汗。

夜風不再傳來消息，蘭芷背倚著牆，躲在陰影中，耳朵裡清楚聽見不到百尺外整齊前進的腳步聲，而且正朝著蘭芷所在的方向前進。

她閉上眼，專心傾聽。

八人……七人……不，是一支八人小隊！腳步齊整，輕悄卻有力，每個踏地聲都十分沉穩，顯示為習武之人。

跑？還是不跑？

她很清楚七重城的衛兵都是貴族出身，有武職官銜的將官衛士，他們因貴族血脈，天生比一般人要耳聰目明，五官靈敏。能力特殊者，或身有配戴匠師打造的配飾者，最遠能夠察覺兩百尺以外的動靜。她不跑則矣，只怕一跑立刻就被發現！

蘭芷動彈不得，僵直著身軀往後貼了貼，與牆之間沒有半絲縫隙。

如今回頭也來不及了，衛兵的速度極快，眼看著便要轉向，步上她藏身的道路，且七重城格局方正，街道目無遮蔽，一望而知，怎麼瞞得了人？

來了！

在衛兵們轉入蘭芷所在的道路時，她蹲下身，蜷縮成一團，手握住髮尾那朵金絲梅花，心中暗暗祈禱：「雲啊，請遮月之華，勿使它映照我影；牆啊，請護我身，勿使人前我現。」

蘭芷緊閉著雙眼，沒有發現手中金絲梅花一閃而逝的流光。

「何人在此？」

踏入此路的衛兵看著好似有光亮閃爍，警覺地加速前進。正當此時風又起，雲隨風動，掩住了月光，夜晚越發黯然。衛兵們手舉著氣死風燈，更加小心。

蘭芷可以感覺到衛兵的接近，一步一步，一步一步，最後恰巧停在她跟前，距離之近，彷彿可以聞見蠟燭燃燒的油脂味，感受到人體散發的熱氣，夾雜一絲絲汗水的鹹味……

她一動也不敢動。

「可有異？」

「無甚異常。」

「許是見錯。」一名彷若隊長的人物發令：「走吧，往前巡視。」

到腳步聲遠去，聽不見了為止，蘭芷才癱倒在地，大大地喘了口氣。

她不知何以衛兵視而不見，卻絕不想追究。雙手在胸口合十，暗自稱謝。然後勉力地爬起身，輕輕跺了跺發麻的雙腿，繼續朝八重城走去。

接下來的路順當多了，復又吹起的風指引著蘭芷的腳步，不消片刻，她便看見八重城的標誌性的高塔。

八重城巫塔雖稱一「城」，實際上占地不大，一座供巫女修習居住的田園莊院、百畝良田與祭祀高塔，便是八重城的全部。

由於須守備的建築不多，巫塔自衛軍三班輪值，日夜不停監護著莊院和高塔的入口，幾無無人時刻。

蘭芷不以為憂。

巫塔唯一不設防備的便是牆！

巫塔的牆不特別高，卻有長老在上面施予巫法，任何對巫塔不懷好意的人，都無法翻越此牆。

但巫塔的牆防得了別人，卻防不了蘭芷。

她真正見到前並不知道，親眼目睹後是格外親切，像是牆上的巫法天生與她身體裡的脈動契合，毫無阻礙。

她將手心貼在牆上，輕輕說道：「拜託你，幫我保守這祕密。」

雪白的磚牆上霎時浮現流動的銀色光芒，瞬又消失。

蘭芷感覺力氣從貼著牆面的手心被吸收了大半，不禁汗如雨下。

「謝謝。」她輕聲道謝，不敢再多耽擱，頓地一躍，在風的一拂一托下，流利地翻越了高牆。

跳下牆的蘭芷蹲著，這番動作使得她已無半分力氣，雙腳發麻，額上的汗水一滴一滴地落入泥土中，將土的色澤染得更深了。

「阿姊——」

她顫巍巍地起身，一腳拖著一腳緩慢地朝阿姊的方向走去。

蘭若夜不能寐，自白天起，心裡存在著疙瘩，像是積蓄的不安等待著爆發。

她下了榻，只穿著單薄的白色裡衣，信步踱向房門。

雲破月出，一片皎潔的月光穿過門上的雕花窗格灑入房內，將蘭若整個人都鍍上淡淡的銀光，飄然若仙。

蘭若卻是心不在焉，呆立在門前，出去也不是，不出也不是。候在院中的侍女聽見響動，隔著門輕聲問：「殿下可有不妥？」

「沒……」蘭若正想拒絕，頓了頓，卻說：「今晚不用人伺候了，妳們都下去吧。」

侍女遲疑地說：「殿下，這於禮不合……」

「無事。」蘭若堅定地說：「妳們都下去，院中勿留人。」

「是。」

蘭若因身分特殊高貴，侍女雖不同意也不敢違背，不一會兒，蘭若居住的小院已空無一人，她這才拉開了門，緩步走出。

一出房門，她便打了個寒顫，但仍不願多加件衣裳，只是靜靜地佇立，等待。

她不若表面看來平靜，內心焦灼。隱微的芳草香氣越來越濃，她心中的憂慮也越發深重，如吞了鉛塊，自喉頭，沉沉地滑入肚中。

可千萬不要……

現實終究違反了她心中所想，熟悉的芳草香帶來了她心愛的妹妹，蘭芷嬌小遲緩的身影，慢慢地出現在她的視界。

「香香，怎麼是妳？怎麼是妳？」

不覺間，蘭若已快步上前抱住蘭芷，淚水迅速瀰漫眼眶，瞬又滑落，滴在心愛妹妹的烏髮上。

「阿姊……」蘭芷滿足地嘆了一口氣。

「妳為何不聽阿姊之言？」蘭若又急又氣，「妳可是透支了『力量』？」她擔心地看著妹妹。

「阿姊，我沒事。」蘭芷虛弱地一笑，但穿越了大半的鶉火城，又接連躲避衛兵、翻越高牆，確實用盡了全身的力氣，和深藏的祕密力量，如今，她連多走一步都困難。

「阿姊，我來帶妳走的。」蘭芷說。

「胡鬧！」蘭若低斥：「阿姊豈是說走能走的？妳好好地照顧自己便好。」

蘭芷固執地搖頭，「不，阿姊走，阿兄也要走。阿姊，風告訴我了，有危險——」

蘭若一驚，妹妹說得必不有假，她「力量」驚人，這也是她想好好保護蘭芷的原因，想起這段時日於巫塔所藏史冊中發現的內容，她用力抓住蘭芷的肩膀。

「香香，妳走，和錆羽走得遠遠的，到天涯海角去，別回靈國了。」

她曾以為把妹妹藏在四重城中，往後還能看顧著她，是她錯了，她該從一開始就讓錆羽帶著蘭芷遠走。

「阿姊？」蘭芷驚疑。

蘭若臉色蒼白地笑了。

「香香，聽阿姊說，錆羽不日便會被釋放，妳讓他帶妳走，走得越遠越好！」

當錆羽被禁衛軍押出大牢時，他竟是有些不知何去何從的。

兩名禁衛軍分立左右，面無表情，步伐大而俐落。雙臂被拖著走的錆羽，因被關押於暗無天日的大牢裡多日，面容憔悴，顯得狼狽不堪。

他們什麼都沒說，就將他帶了出來。

他們什麼都不用說，他也知道接下來要去哪裡。

點翠師。

老人撕心裂肺的喊聲還歷歷在目。

點翠師，不是則矣，要做為點翠師，便得付出生命，甚至是所有。

或許，這樣也好。

他已一無所有了，如果他生命的最後，能為最愛的女孩，做一頂天下最美麗的翠鳳冠，給予她至高無上的榮耀，這樣也好。

這樣也好。

踉蹌走入九重皇城的錆羽，默默地想著。

要做點翠師其實不難，只要能夠抓住翠靈鳥。

在此之前，錆羽聞所未聞，也從來不曾看過翠靈鳥。

他與幾位天下知名的華匠師一同步出九重城巍然壯闊的大門，他們都受到大國靈國九重城主邀請，或有靈國之民，備感榮耀而來；或有他地之民，為利益名聲而來。然無一例外，每人的臉上盡是茫然。

這裡聚集來自各地最優秀的匠師，不乏年齡老大、閱歷豐富的老人，卻是無人知曉關於翠靈鳥的消息，他們所能得知的一切，都來自皇室。

老匠師知曉的到底多些，卻因年邁，力有未逮，斟酌了會，向眾人說道：「上回點翠師現世已是五十多年前的往事，那翠鳳冠確為翠靈鳥羽所製。據聞以翠靈鳥羽所製之冠，光華射目，瀲灩如有水光流轉，置於暗處光芒如月皎潔，非凡品能及。每頂翠鳳冠都會是巫后的陪葬品，以致沒有翠鳳冠能夠傳世……」老匠師頓了一下，說：「老朽已是古稀之年，當年未能做了點翠師，如今……贈言諸君，望助一臂之力。」

「謝先生。」眾人紛紛還禮。

在場的人都知道，老匠師不過走個過場，以其德高望重的年紀，要入聖山去尋那翠靈鳥，卻是太過強人所難。況且五十二年前未能做了那點翠師，如今也是渺茫。

據皇室給予的指示，翠靈鳥只可能生在距鶉火城百里外有靈國聖山美名的瀟湘山中。瀟湘又指瀟水與湘江，蜿蜒穿過靈國肥沃平壤，清照五六丈，白沙如霜雪，赤岸若朝霞。靈國人感瀟湘惠賜豐糧，尋源頭而去，見其源於高不可測之山，白雲繚繞，直通雲霄，崇而敬之，皆跪拜，並以瀟湘之名命之，又稱聖山。

靖羽孑然一身地就出了鶉火城。

百里的遠程，甚至要入不可知的聖山中，靖羽竟未有準備，像豁出了一切，也或許是，他已經沒有什麼可以失去了。

重翠坊的老管事抱著包袱等在城門處，見了靖羽立即出聲招呼。

他眼光上下一掃，就知靖羽身無分文，不免嘆息一聲：「你這孩子……」

「阿爺……」

靖羽對老管事十分敬重，自他年少入重翠坊做學徒，一直是老管事在照顧他的生活，可以說，除了蘭若姊妹外，老管事是他最親近的家人。

想到蘭芷，他覺得愧疚，他堵著一口氣出了城，竟沒想到回去看她一眼，也不知那孩子有多擔心。

「靖羽，製翠鳳冠是為重中之重，百里之行也非玩笑，你太輕率了。」老管事斥責道。

「是我錯了，阿爺。」

靖羽誠懇地認了錯，接過了老管事的來的行李，未做推託之辭。

「錆羽啊……」

「嗯？」

老管事欲言又止，最後擺擺手，「無事，你去吧，一路多保重。」

錆羽張了張口，想問問蘭芷的近況，又因負疚，最後什麼都沒說。

他告別了老管事，出了城門。

自鶉火城前往瀟湘之地，或可搭商隊之車前往，或可行至十里外的洛城，自洛水乘船入湘江。錆羽此行匆忙，未打聽鶉火城商隊近日可有瀟湘之行，便打算步行至洛城，再圖水路。

錆羽埋頭趕路，鶉火通往洛城的官道，人來車往十分熱鬧，然多各走各的，是以也與孤身上路的錆羽無關。

不知為何，錆羽似是感到有雙視線自他出了鶉火城後，便若有似無地跟著他。但他裝作無事，多次回首，並未發生異樣。

可他知道自己的感覺是對的，錆羽自從做了一名匠師，彷彿啟發了身體感官的靈敏，望聞嗅觸味五覺遠勝常人，而當他晉升為華匠師後，他更明顯地察覺對知覺距離的掌控越發廣闊。以他之能，竟未能發覺跟隨之人……錆羽皺眉。

錆羽不予理會，一徑前行。若對方目標真是他，不必他做什麼，對方遲早也會現身。

錆羽是午後出城，十里的距離，以他的腳程，也不過是一兩個時辰的事。

在接近洛城，有段路較為荒僻，道路兩旁林木蔥鬱，近無人家。

當一輛馬車急馳而過，路上僅剩錆羽獨自走著，他驀然停下腳步。
「還不出來？」
背後靜默無聲。
「一路跟到了這裡，你究竟有什麼目的？」
錆羽不耐地轉過身，卻驚見蘭芷風塵僕僕地自一棵樹後出現。
「蘭芷？怎麼會——」話未說完，蘭芷嚎啕大哭地撲向錆羽的懷中。
「阿兄，救救阿姊！救救阿姊！」

蘭芷哭著哭著就睡著了。
她是真的累了。
她一夜奔波，卻帶不走阿姊，心中不安越濃，卻不知如何是好。只憑一腔說不出來的感覺，不能真正得知發生何事，已讓她身心俱疲。
離開巫塔後，她似遊魂般在城中四處晃蕩，也不避開人了。但所有人都對她視若無睹，眼神直直穿越她，然後擦身而過。
一直到她看見錆羽。
阿姊說對了，阿兄果然被釋放了，阿姊還說了，讓阿兄帶她走。
她不知道阿兄要去哪，為何連她一面都不見，下意識地便跟上，一路還用了「力量」，讓天地自然隱匿了她的形跡，最後力氣透支，才會哭昏在錆羽懷裡。
當她醒來，已是躺在一張簡樸的木床上。
蘭芷慌忙地起身，不見錆羽。
「阿兄——」她著急地喊。
錆羽推門而入，手捧著一碗熱騰騰的白粥，看蘭芷醒了，還未來得及說什麼，蘭芷眼淚又撲簌簌地流下。
「阿兄，你要去哪兒？你為什麼不帶我走？為什麼不帶阿姊走？」
錆羽一懍，聯想到蘭芷昏睡前說的那句話，嚴肅問道：「蘭芷，妳阿姊怎麼了？」
蘭芷哭得抽氣，正想將風的訊息告訴錆羽，想起阿姊再三交代不能洩漏了她的祕密，於是又將話吞了回去。
「阿姊不好。」
錆羽皺眉，「怎麼不好？」
蘭芷賭氣地說：「阿姊見不到我，也見不到阿兄，自然不好。」
錆羽以為蘭芷鬧小孩子脾氣，先鬆了一口氣，再細看她臉色蒼白，眼眶凹陷，顯是這些天不知受了多少折磨，不禁心疼。
他是知道蘭若多疼這個妹妹的，長年相處下來，他也視她為妹，自是看不得蘭芷這麼糟蹋自己。

錆羽皺眉，「妳可有好好用餐？看妳都瘦成什麼樣子了。」

蘭芷搖頭，「你和阿姊都不在，我吃不下。」

「胡鬧！」錆羽將粥遞給她，「還不快吃。」

短短一日夜，她被最親愛的兩人斥責「胡鬧」，不感委屈，卻是悲從中來，哭得越發兇了。

「這是怎麼了？」

蘭芷淚眼矇矓地看著錆羽，執著地問：「阿兄，你要去哪裡？」

「我要去尋翠靈鳥。」錆羽嘆息。「妳可知蘭若為后，必有翠靈鳥羽為冠？」

「翠靈鳥？」蘭芷神色微動，「阿兄，那是否沒了這翠靈鳥，阿姊就不必做皇后了？」

「蘭芷，正因翠靈鳥亡，蘭若必為后。翠靈生則巫后逝，翠靈亡則巫后生。」他轉述自皇室聽來的傳說，「二者不可同存。而一旦巫后現世，則翠靈必出！」

錆羽眼神黯然，為此，他要尋到那翠靈，為蘭若製一頂最華美高貴的鳳冠，延續她的生命，使她登上青雲之巔。

蘭芷決意跟錆羽入聖山，錆羽敗給她前所未有的堅決，無可奈何之下，只得帶她入山。

聖山占地遼闊，除外圍淺山，極少有人深入。錆羽顧忌著蘭芷，只得盡量挑地勢平緩的路走，然即便如此，荒無人煙的山徑仍崎嶇難平，他們不時撥開高及腰部的雜草，一邊拿著木棍在草叢裡敲敲打打。

不知不覺，他們走得越深，錆羽也感覺到不對勁了。

先不說聖山如此之大，非一日可探索完畢，他本意帶蘭芷在淺山部分繞繞，往後將她安置好，再一人入深山。可一路行來，卻冥冥中往山的內部走去，當他意識到時，已是太晚。且說來奇怪，他們入山至今，只見到過溫和的鹿、山雞、兔子等生物，凶獸猛禽竟是一個不見。

……入聖山若異常順行，切勿回頭，命運會指引你找到翠靈鳥……

九重城主之言猶言在耳，難不成真會讓他找到翠靈鳥？

錆羽停下，遲疑地看看蘭芷，不知該不該帶著她繼續走下去。

「阿兄？」蘭芷氣喘吁吁，疑惑地看著錆羽。

錆羽嘆道：「我不該帶妳入山。」

蘭芷嘟嘴，「阿兄此言何意！阿兄若視我嬌弱無用，大可不必！這大半時光，我可曾與阿兄抱怨？」

錆羽笑笑摸了她的頭，回身繼續前行。

沒過多久，他們聽見前方似傳來嘩嘩水聲，錆羽瞇眼望去，自林木間隙，約可看見波光粼粼。是水？錆羽示意蘭芷停下。

「妳待在此等阿兄，我去去就來。」他輕聲說。

「可是……」

「沒有可是，蘭芷，妳忘了入山前妳答應我什麼？」

蘭芷不情願地點頭，「阿兄快去快回。」

錆羽未多說什麼，即大步走去。

錆羽看到了他一生都難以忘懷的畫面。

一隻擁有長喙、犬般大的巨鳥，棲在湖邊石上，長喙不時攪動水面，或梳理羽毛。牠有一身天下最美麗顏色的翠羽，如湖之青，如硯之紫，在陽光與水光映射下，流動著七彩幻光。

翠靈鳥，世上最美麗的生物。

錆羽一時不忍打破這美好的畫面，直至那翠靈鳥看見他，隨即冠羽豎直，雙翼展開，蓄勢待發就要朝他飛來。

錆羽不敢大意。他感到來自翠靈鳥一股神聖的威壓，令他冷汗直冒。他取下肩上的弓，搭上箭，弓把處和箭簇處都有他來到瀟湘後親自鑲嵌打磨的黃金紋飾。

他緩緩拉開弓弦，手握黃金紋飾之處泛起淡淡紅光。

翠靈鳥振翅飛起，迅雷不及掩耳的速度朝他飛來，長喙尖利，觸目驚心。

錆羽視線絲毫沒有轉移，弦已緊繃，發出嗡嗡之聲，他平靜地等待最佳時刻。

「不要——」

眼看下一秒翠靈長喙便要刺穿錆羽的腦子，而錆羽手中之箭也將貫穿翠靈之身，一聲尖叫劃破空氣，隨即那翠靈彷彿被隱形之物重重一擊，偏離了飛行軌道，而錆羽手一哆嗦，一箭飛嘯，劃過了翠靈的右翼，激起一片血珠飛揚。

翠靈負傷倒地，哀哀痛鳴。

錆羽卻顧不得了，「蘭芷！」他驚慌地奔向蘭芷。

蘭芷已是癱軟在地，方才那一下用盡了她的力量，她也彷彿被風痛擊似地，胸口狠狠地被撞了下，但仍強撐著向錆羽微笑。

「阿兄，我無事，你勿殺牠。」

「蘭芷……」

「阿兄，不要殺牠，不要殺牠……」蘭芷堅持，淚眼汪汪。

「好，我不殺牠。」錆羽終是屈服了。

蘭芷破涕為笑，顫抖地起身。錆羽皺眉要去扶她，她搖頭拒絕了。

「阿兄，我要去看那翠靈。」

「蘭芷，很危險……」

「阿兄，無事的，」蘭芷說：「你信我。」

錆羽眼睜睜地看蘭芷一步一頓地走向撲騰著卻因翅膀受傷無法飛起的翠靈。

發現蘭芷接近，翠靈停止撲騰，警覺地看著蘭芷。

「你可能聽見我言？」蘭芷在心中默言，試著與翠靈對話。

「傷了你，對不住，真是對不住。」蘭芷道歉，她坐倒在翠靈身旁之地，小心翼翼地伸手撫摸翠靈的翅膀。

翠靈瞬也不瞬地盯著蘭芷，見蘭芷沒有傷牠之意，似乎放心了，將頭置於蘭芷的膝上，十分順從。

「妳是巫？」

腦中平白響起陌生的聲音，待發現是翠靈之聲，蘭芷陡然睜大了眼。

她雖能與花草樹木甚至無靈之物溝通，卻只能感受他們想帶給她的「訊息」，並不能真正像人一般的對話。

「不，我非巫。」她立即在心中回道。「你能跟我說話？」

翠靈沒有回答，嗤了一聲，像是在笑她的無知。

「何傷我？」翠靈問。

蘭芷愧疚地說：「阿兄他非有意，只是、只是……可否請翠靈，賜我靈羽？」

「巫者想要我羽？有趣有趣。」翠靈說：「給妳何妨？靈國之帝竊我力多年，也該是還我了。」

蘭芷還未解其中何意，便看翠靈以長喙拔下最長的尾羽，遞給蘭芷，而後伏首蘭芷膝上，永遠閉上了眼睛。

翠靈，失其尾羽則死，死前得之羽，可獲世間最美之藍。

他們回到了鶉火城。

這陣子變化太大，原還帶著一些稚氣的蘭芷像是一夜長大了，圓潤的臉頰削尖，有股成熟動人之美，卻是顯得悶悶不樂，不再常帶笑顏。

錆羽帶她回來重翠坊。

再入工坊閉室製冠前，錆羽問她：「蘭芷，待完成翠鳳冠，阿兄帶妳走可好？」若他完成此冠，還能活著的話，他想帶蘭芷遠遠離開這紛爭之地。

「走？」蘭芷茫然地說：「去哪兒？阿姊還在這呢。」

錆羽苦笑，蘭若怕是永遠都毋能與他們一塊走了。「蘭芷不願跟阿兄走嗎？」

「願意。」她答。

「乖。」錆羽輕撫了她的髮，走進了房室。

錆羽雙手泛著淡淡紅光，以靈力滌淨翠羽。

翠羽湖青硯紫之麗，被永遠保存了下來，以靈滌過，火光下閃耀，如瑩之華。

初步處理完翠羽，錆羽先以擅長的花絲工藝，編造金龍，下乘如意雲頭，另以金絲拉鳳架，再一片片將小片翠羽嵌於鳳上，金龍翠鳳，大小共有六龍三鳳。

金龍翠鳳完成後，錆羽先將珍珠珠玉飾於底部，排列花狀，中間鑲嵌紅藍寶石，旁飾以金雲翠葉。待鳳冠花絲編織和寶石鑲嵌大致成形，這才把翠羽一片片疊於金絲花架上，翠羽附金則固，不動不搖，如點花輕觸而成，此藝即稱點翠。

最後置三龍於冠前，三鳳於中層，另三龍於冠後中。龍做飛騰狀，口銜珠寶，流蘇而下。珠寶金翠色澤豔麗，每片翠羽都散發著玉石般瑩潤之光，光彩照人，竟教人目不轉睛。

錆羽花費了七天七夜製翠鳳冠，一步未出工坊。

完成後，由重翠坊管事進獻九重城，未待冊封獎賞賜下，錆羽已帶著蘭芷遠走，不知去向。

九重城之主與巫后大婚，普天同慶。

蘭若身穿巫女白色深衣素服，衣著雖素，袖口裙襬也繡著繁複精美的祭文，祈求祝願君上巫后相扶相持，護祐靈國，一生圓滿。

玄煜立於九重之巔，看著他的皇后在巫塔長老的指引下，一步步朝他走來，心中泛起的竟不是喜悅，而是莫名的憂懼。

長老走至離玄煜三階之下便止步，留蘭若獨自走上最後三階。

她終於走到他面前，兩人仍隔九丈之遙。她微微低著頭，他看不清她的表情。

玄煜瞥過侍人捧著的翠鳳冠，心想，不知她可知道這翠鳳冠是那錆羽所製？

玄煜展開手中詔書，頒蘭若為后。

隨後捧起那鳳冠，走向蘭若，輕柔地為她戴上。

玄煜後退幾步，正要與蘭若同祭天地，以告婚成，便看到戴上翠鳳冠的蘭若身上燃起熊熊青焰，瞬間將她整個人淹沒。
玄煜大驚，「妳不是，妳不是巫女……」

蘭若痛苦呻吟，焚骨之痛讓她無法忍受。
終於走到最後了……
香香的預言果真是對的。沒關係，真有性命之危，也讓她一人承擔便好。
生命的最後一眼，她遙遙地望向遠方，卻看不見想見的人，她緩緩閉上眼，青色的烈焰倏地吞噬了她眼角滑落的淚水。
閉上眼的瞬間，她彷彿看見了俊秀如玉的玄煜臉上露出了痛苦與驚恐的神色向她撲來，也彷彿聽見了遠方傳來她思念已久的聲音，卻是撕心裂肺地哭喊。
「蘭若——」
「阿姊——」
最後一刻，還有袖中一支蝴蝶簪陪著她。
她笑了。

對不起。

靈國九重城主大婚，巫后卻自焚而亡，青焰沖天，燃燒三日三夜方熄，擁有千年歷史的九重皇城毀於一旦，九重城主出逃，靈國就此走向頹敗。

傳說，從前人們與神靈共存，和樂處於一世，人們崇敬神靈，神靈保護人們。然有一天，一個人類狙殺了神靈，獲得了神靈的力量，開始為其他人所崇拜，也有了掌控其他人類的能力，於是自立為皇，建立千年大國。

神靈將最後的力量封印在人類身上，每過一代，大國皇帝便在民間尋找有靈之人，男者殺之，女者封后，以傳承皇室血脈。但為防皇后之能超越皇帝，以害皇室，皇帝派人獵殺神靈的後裔，以其之羽製皇后之冠，以神靈血仇封皇后之力，於是被封印住的皇后身體日漸衰弱，皆早逝。

而能獵殺神靈後裔並製鳳冠之人，則為點翠師。

THE END

第二屆・優選
〈窗戶城市〉

彭靖文

作者簡介／彭靖文

台大土木系輔修戲劇系畢業，一半的劇場人和一半的自由藝術工作者，曾任讀演劇人編舞。不長不短的數年劇場經歷中，最值得說嘴的是讀演劇人第四號作品《玫瑰色的國》（2014）獲文化部藝術新秀獎助及台新藝術獎提名。生性內向膽小，卻因為獲選2015雲門流浪者計畫而到印度一個人流浪四個月，意外愛上南亞大陸各種不可思議的一切和不可預期的變動，也磨掉了許多容易慌亂愛擔憂的個性。

〈窗戶城市〉是第一次文字創作，寫於2013年底到2014年中，那段心臟病發作後只能在家休養的日子。那段日子裡，認知功能發生極大的障礙，時間緩慢得像結冰一樣。所有〈窗戶城市〉裡的情節都是當時真實發生的事件，只是經過了轉化，寫成一篇篇隱喻。現居德國，喜歡騎車漫遊於山林田野間，正在持續探索未知的領域。

Φ

窗戶城市的人們終其一生居住在自己親手建造的房間裡，很少踏出房門一步，也幾乎不走進別人的房間。所以，房門多半低矮狹小，小得只能勉強讓身體通過，但窗戶卻很多，有的房間將近十扇、有的十多扇、有的甚至多到數十扇或數百扇窗。

城市的外觀是由一顆顆方盒子似的房間堆疊而成，疊得錯落有致，沒有房間的地方就是街道。由於人們很少出門，所以大部分街道形狀奇特、寬窄不一、到處都有死巷，有些路如湖泊一般封閉，有些房間甚至沒有路能夠到達。儘管如此，人們並不在意道路的狀況，因為他們是透過窗戶與外界聯繫的。

ΦΦ

在窗戶城市裡，當孩子成長到懂事的時候，長輩會教他蓋一間自己的房間。例如城市西南邊住著一位爺爺，正準備教剛滿六歲的小孫子蓋房間。一般來說五歲半就應該幫小孩蓋房間，爺爺捨不得，讓孩子跟自己多住半年才開工。

爺爺決定要教小孩蓋房間那天，一大清早就帶他出門，尋找適合的地點。他們穿過形狀怪異的道路、爬過許多房間屋頂，直到接近中午，才在城市最高處找到一塊理想的乾淨空地。從空地邊緣往西南方望去，還能遠遠看見爺爺的房間。

空地不大，不遠處矗立著一間坍塌的小屋，小屋遺留下來的建材剛好能用來蓋新房間。爺爺搭完樑柱後，留了個門洞，接著教小孩砌牆。爺爺牽著小孩的手，一圈圈砌起方方正正的磚牆直到天花板上，再教小孩蓋屋頂，裝門。夕陽還沒下山，房間就完工了。

「房間完成囉！從今以後你就要住在這裡了唷！」爺爺邊擦汗邊說。

「完成了嗎？那為什麼我的房間沒有窗子呢？」小孩不解的問。

「爺爺幫你裝一扇，剩下的給你自己裝。」爺爺笑著說。

爺爺拿起釘好的窗框，往牆上輕輕一放，窗框立刻固定在牆上，窗內瞬間出現美麗風景，藍天下鋪著一望無際的草原，微風吹拂，草原上漾起海浪般的波紋起伏，波紋前端閃耀著金黃色陽光。

小孩看呆了，過了許久，才說：

「好美唷！」

「很美吧！」爺爺看著小孩，停了一會兒之後，說：

「一開始，所有窗裡的風景都是美的，過了段時間後就不一定了。風景需要天天照顧，每種風景照顧方式不同，有的要澆水，有的要除草，有的要整理，有的要跟它說幾句話。如果你忘記照顧，風景可能會漸漸凝固。」

「凝固是什麼意思？」小孩聽不懂。
「就是像最冷的冬天一樣，再也沒有任何變化，靜止不動。」
「然後呢？」
「然後你會懷念它還活著的時候。」
「凝固是死掉的意思嗎？」
爺爺沉默微笑著。
「唉呀，現在說也說不明白，等你長大以後就知道了。」爺爺想了半天才說出這句話。
離開前，爺爺特地叮嚀：
「雖然窗子裡的景色很迷人，但得小心不能太著迷唷！」
「著迷是什麼意思？」
爺爺在門前停下腳步，想了一會兒。
「嗯……現在說也說不明白，等你長大以後就知道了。」
爺爺摸摸小孩的頭，抱抱他，說了再見之後，爬出狹窄的門，輕輕關上。

ΦΦΦ

小孩開始一個人在房間裡生活。

一開始，小孩不太適應，覺得有點孤單，有點想念爺爺，想念爺爺的房間和他房間裡的窗子。爺爺留給他用都用不完的窗框，堆在角落，從地板堆到天花板，多到可以把所有牆面鋪滿，但他一個也不想用。

小孩感覺不出風景哪裡迷人，也不明白窗子裡有多少祕密，為什麼總是說等到長大後才知道呢？他看著那扇爺爺掛上去的窗子，草原上已經沒有風，沒有綠色海浪，也沒有陽光，取而代之的是快要下雨的陰天，接近雲的地方飛過一群黑色大鳥。他站在窗邊凝視許久，爺爺已經離開三天，他還不知道怎麼照顧這扇窗。

「傾聽，聽見它的需要，你就會知道如何照顧它。」

小孩記得爺爺說過的話，雖然記得，但他不知道怎麼做才叫做傾聽，前兩天他在窗子前認真坐了整個下午，想聽見風景的聲音，卻只聽到風聲鳥叫，其他什麼也沒有。蓋房間的那天，他曾吵著要爺爺教他怎麼照顧風景，爺爺搖搖頭就是不肯，他急到要流出眼淚了，爺爺才說：

「風景是有生命的，它們需要的照顧會隨時間、房間不同而變化。爺爺真的沒辦法告訴你答案，只能教你找答案的方法。」

第四天，小孩站在窗前想著爺爺的話。過一會兒，他想累了也站累了，於是輕輕閉上眼睛，走近牆邊，臉頰貼著窗框，感覺到木框的溫潤觸感輕撫著臉。突然間，他聞到草原的氣味，和下雨時泥土散發出的些許霉味與悶熱氣味，風夾帶著雨水刮在臉上，涼得有些發冷。他睜開眼，驚訝的發現自己漂浮在草原上，不需要學習就可以和鳥一樣飛翔。

他興奮的張開雙臂，逆著風向飛，不知道飛了多久，草原依舊是草原，唯一不同的是偶爾有鳥群從頭上飛過，除此之外，就連烏雲和草地的顏色都像是被畫上去一般，出現相同的規律變化。雨持續下著，小孩全身濕透，微微發抖。新鮮感退去後，心裡有些疲倦，就降落在草原上休息一會兒。他看著無邊無際的陰雨草原思索著，要怎麼回到房間裡呢？

腦中才浮起這句話，下一眨眼，他就看見自己重新靠在窗前，臉頰貼著窗框。像離開前一樣，身體貼在冰冷的牆上，瞇著一隻眼，斜瞄著窗裡的風景。他立刻把自己推離開牆，不可置信的看著周圍，好確認自己真的回到房間裡。

他摸著身上仍在滴水的衣服，想起窗裡的雨。

「不是夢嗎？」他仍然不敢相信。

他抬頭看，雨已經停了，遠方地平線上，烏雲隙縫中閃爍著微弱陽光。

ΦΦΦΦ

知道怎麼走進風景的隔天，小孩放了五個新窗框上去。

他發現自己可以決定風景的種類，只要在放上窗框的那一刻，心裡默想著樹的樣子，那麼風景就會出現樹；想著溪流的模樣，風景就會出現溪流。不過，出現的是大河、小溪、水溝、大樹、小樹、灌木叢，一棵樹還是一片樹林，或是哪一種樹，美或醜，健康的或生病的，就由不得他的意思了。

原本空空的牆面上出現了一片白色沙子的海灣、一條涓涓小溪、一株瘦弱楓樹、一片櫻桃樹林、還有一隻住在樹洞裡的貓頭鷹。

那天，他迫不及待跑進新風景裡玩耍。他在沙灘上飛翔著，或是躺著曬太陽，曬紅了就到櫻桃樹林中小睡片刻，醒來後去小溪裡洗澡，摸摸比自己還矮的楓樹和細嫩的小楓葉，再去貓頭鷹住的樹洞旁，看牠彷彿脫臼般三百六十度轉頭。

小孩覺得這一切實在太新鮮太有趣了！每天，他在新風景中玩得不想出來，玩到沒時間睡覺、沒時間整理房間、沒時間照顧唯一的舊風景，那片大草原。直到草原又開始下雨、雨水淹滿草原變成汪洋湖泊，這時，他才驚覺已經兩星期沒照顧它了。

小孩第一次意識到「時間」。

以前沒有風景，或只有一個風景的時候，時間的刻度幾乎不存在，只存在白天和黑夜的差別，睡著和清醒的差別。有時，他甚至覺得連這些差別都不重要，日子像是平靜湖水般，沒有任何一點波紋，沒有漲潮退潮，沒有任何一個東西能夠測量和描述它。現在卻截然不同了，小孩必須仔細考慮他比較喜歡哪個風景，想在哪裡多待久一點，哪些地方稍微看一眼就好，哪些地方盡到照顧責任就好。

他想起，爺爺口中忙碌的大人，好像就是這個模樣。

ΦΦΦΦΦ

切成塊狀的時間過得特別匆忙，小孩沉浸在成為大人的想像中，陶醉得沒注意到景色變化。幾個月後，牆上六個風景與時間一同悄悄推移。草原變得稀疏且枯黃，白沙海灘上多了些枯枝和石頭，小溪暴漲成河，楓樹長高長大了些，櫻桃樹林開花了，貓頭鷹不知道是為了禦寒還是長胖，羽毛蓬蓬的，比以前更加圓滾滾。

大部分的景色如同自然規律般更迭，沒有好也沒有壞，只有草原呈現衰敗枯萎的意味。

ΦΦΦΦΦ Φ

某一天小孩睡醒之後，看著四周牆面，突然注意到所有風景都變得跟初次見面時大不相同了！他一邊驚訝自己的遲鈍，一邊詫異的看著風景。他想起幾個月前，房間剛蓋好那天，爺爺掛上第一扇窗，陽光草原在窗框內瞬間出現，他張大嘴巴笑著，心中充滿熱烈的歡喜。

才幾個月不到，如今，卻因為疏於照顧讓草原乾枯。

他每天看著草原，每天，心中都冒出一點罪惡感，卻又提不起勁照顧它。初次發現新大陸的驚喜消退之後，他覺得草原好單調，巨大窗框裡就只有天和地，一片草綠，此外什麼也沒有。缺乏照顧好一陣子之後，原本唯一吸引他的翠綠波浪也褪成無光澤的褐黃。他察覺到草原的難過，讓他更不敢面對它。

他退到唯一沒有窗戶的牆邊，看著掛在三面牆上的六扇窗，清晨陽光從窗裡灑落，反射在周圍，房間微亮。

「多奇妙啊！」小孩第一次這麼仔細地從房間裡觀看所有窗子，不禁脫口而出。

不管窗裡的景色、季節、狀態多麼天差地遠，所有窗子彷彿裝上同一個時鐘，在差不多時間天亮、日落。

小孩鼓起勇氣抬頭看草原，景色似乎和平常有點不一樣，清晨日光晦暗不明，大地飄浮著濃霧，把枯草的深褐沖淡成乳白色。朦朧間，隱隱約約可見一些黑點正在移動，小孩從沒見過這些黑點，或是從沒注意過。

「到底是什麼呢？」小孩好奇的走上前去，到窗邊看個究竟。

原來，每個黑點都是一隻動物，成千上萬隻動物背對窗框，排成流水般的線條，幾百條，幾千條，往地平線遠處緩緩走去，像是災難前的大遷徙。

小孩愣住了，他的視線無法離開草原，靜靜看著動物們遷徙直到日落。當最後一個小黑點消失在夕陽餘暉中，被動物們踩踏過的枯草早已折彎、折斷，草原看起來更稀疏、萎靡、荒涼。當夕陽消失在地平線上那一刻，小孩才突然意識到，動物們離開，可能是因為旱災，而旱災來自於——

他全身無力倒在地上，眼睛直愣愣盯著天花板發呆，許久許久，終於承受不住心裡的內咎，默默流下眼淚。

這時，黑夜草原上出現前所未見的澄澈星空。

ΦΦΦΦ ΦΦ

後來，儘管小孩重新開始照顧草原，一段時間後草原漸漸恢復生機，卻再也沒回到剛掛上去那樣，綠油油的波浪起伏。

另一種草生長出來，乾瘦矮小，褐黃淺綠交雜，取代原本的翠綠。

每天早上小孩醒來，都幻想一張開眼睛就能看見綠油油的草原波浪，但每天睜開眼睛看見的，卻是一片乾草，天空不再湛藍，而是接近透明的淺藍。

總的來說，現在草原看起來像是一場炙熱又難熬無比的夏天，好像在等待什麼事情發生。

「那曾經是我見過最美的風景，」他想，「到哪裡去了呢？」

他記得草原第一次出現的樣子，那天的太陽、草地和風的模樣，都記得清清楚楚，清楚到像是鋼印直接蓋在心裡，而不是用腦袋記下來的。他不明白為什麼等到再也看不見之後，腦袋裡才不斷浮現那片綠色波浪，耀眼的金黃陽光勾勒出波紋，波紋織出美麗圖形，瞬間成形又瞬間消失，像大地的呼吸。曾經有一天，他躺在草原上和波浪一起呼吸，舒服的睡了一個下午。究竟從哪一天開始厭倦，他想不起來了。

他嘆了口氣，接著想起沙灘、小溪、楓樹、櫻桃樹、貓頭鷹第一次出現的樣子，每個景色都以獨特的美麗姿態在他心中留下深刻印象。儘管它們現在的模樣與第一次出現時沒有太劇烈的變化，小孩仍能感受到明顯不同。那確實存在的變化一點一滴發生在每個早晨、中午、黃昏，一旦開始就不曾停止。他不喜歡這種變化，景色在每一次眨眼之間悄悄改變，越是驚懼越能察覺，彷彿它們是時間的共謀，躲在時間縫隙中偷偷笑他的遲鈍。

他想抓住時間開關按下暫停，讓景色停止在最美的時刻。如此一來，他便能永遠擁有最美的瞬間。

遺憾的是，小孩遍尋不著時間開關。他以為時間開關會在燈的開關附近、窗框上，或是門口鑰匙孔附近，但事實上沒有。他想，也許是爺爺忘記幫他裝上時間開關，不然就是爺爺忘記告訴他裝在哪裡。

幾天後，小孩依舊找不到開關，卻想起了爺爺說的話。那是爺爺幫他蓋房間之前，他傷心的問，爺爺我好喜歡和你一起生活，為什麼我得一個人住？

「時候到了，你該一個人住了。」爺爺的回答讓他摸不著頭緒。

「什麼是時候到了？是誰說的？」小孩急著想弄清楚。

「時間告訴我的。」

「時間在哪裡？我從沒看過有人進房間來啊？」

「時間……不是一個人，你看不見它，但它真實存在。你抓不住它，像你抓不住早晨的陽光。它會像流水一樣緩慢無聲的流過每件事物，雕刻出流逝的痕跡。它沒有起點也沒有終點，不會偏袒或遺漏任何一樣事物。如果有一天，你開始明白變幻無常的美麗，那就是真正認識它。」

小孩突然明白爺爺說的話。他開始寫日記。

那天，翻開第一頁，他只寫了一句話。

「用文字寫下，美麗就不朽了。」

ΦΦΦΦ ΦΦΦ

小孩從生活在房間的第一天開始寫起，當日記寫到第一百二十三頁的時候，差不多寫到今天早上睡醒的那一刻。

「今天還沒結束，先不用寫。」小孩伸了個懶腰，疲倦的說。一次寫一百二十三頁讓他的手酸麻不已。

他翻著剛寫好的日記，翻到初次看見大草原那天，第一次在風景裡飛翔。然後繼續往後翻。看著看著，腦中浮出一個疑惑：窗裡的世界有邊界嗎？如果有的話，長成什麼樣子？會不會像地球一樣，只要往一個方向一直走、一直走，總有一天會回到原點？

同時，他非常驚訝自己從來沒有想過這個問題。每次到景色裡，他都有習慣走的路，習慣去的地方，習慣做的事，習慣花多久時間，似乎在不知不覺中形成了一套規律，這樣的規律讓他安心，卻也讓他除了眼前的事情以外，什麼也不思考。他喜歡這樣的放鬆，但是，一旦意識到某些事情，開始重新思考之後，就再也無法回到以前單純的放鬆了。

除了習慣之外，他隱約覺得，好像還有另一個更大的原因，讓他遲遲沒有離開熟悉的小小領域。

那是因為，從景色回到房間的方法太簡單了，只要一覺得累了、想睡了、或是有一點害怕或不舒服的時候，腦袋裡專注想著房間的模樣，下一瞬間他就站立在溫暖熟悉的小空間裡。

「我能夠離開房間多久呢？」他帶著筆和日記本，走進其中一扇窗子。

「一直走、一直走，說不定就會回到這裡了喔。」

ΦΦΦΦ ΦΦΦΦ

貓頭鷹縮著脖子，半張臉沉入毛絨絨圓滾滾的身體中，只留下眼睛和捲翹眉毛露在外面。夜晚的空氣帶著薄霧，微風拂過樹梢、枝枒和草地，所有被風撫摸過的地方都沾上露水。

小孩和貓頭鷹對看許久。當小孩拿起日記本想寫東西時，貓頭鷹叫了起來。

牠的叫聲低沉渾厚，勿ㄧ勿ㄧ勿ㄧ勿ㄧ勿ㄧ，像是在說不要離開這片樹林，一波波回音在樹林裡迴盪著，勿ㄧ勿ㄧ勿ㄧ勿ㄧ勿ㄧ。

「這是你的世界嗎？你是掌管樹林的主人，還是暫時居住在樹林的客人呢？」

貓頭鷹沒有回答。

「你叫什麼名字？來自哪裡呢？」

貓頭鷹匆匆匆匆匆叫了起來，巨大的回音裡似乎不只有牠的聲音，還有其他從未出現的貓頭鷹跟著一起叫。霎時間整片樹林裡充滿了匆匆匆匆匆，匆匆匆匆匆，匆匆匆匆……

幾分鐘後聲音漸漸停止，小孩清楚聽到一個低沉渾厚的聲音，清澈得像是水裡的月亮倒影。

貓頭鷹說話了。

「露水覆蓋大地的夜晚，不適合探訪邊界。在露水遮蓋之下，邊界隱藏了它的形貌，樹林隱藏了它的輪廓，使你分辨不出前往邊界的道路。」

「那麼，什麼時候才適合？」

「第一道曙光照亮樹林，露水蒸發成雲霧之後，所有祕密都會露出原本的模樣。」

「你叫什麼名字？來自哪裡呢？為什麼這幾個月我從來沒聽過你說話？」

「我一直都在說，但你聽不懂。只有當你真正想和我說話時，才能聽懂我的語言。」

「你的語言……？」

「共通的語言。如果你明白怎麼和我說話，你就明白怎麼和溪流、海浪、樹和小草說話。」

「你究竟叫什麼名字呢？」

「貓頭鷹或是其他任何一個名字都可以，也都不重要。擁有一個事物的名字會讓你以為，你和這個名字之間產生某種關係和情感，但是關係建立在命名之前，就算你不能擁有我的名字，還是能了解我並且與我建立關係。」

「我聽不懂……」

「就像我不知道你的名字，只知道在我眼前的是一個小孩，他每兩三天就會來樹林裡，總是在下午出現，喜歡摸摸我的頭和羽毛，對我說最近的心情和其他窗子裡發生的事。這一個月以來，因為草原變成了另一個模樣而失落，人變得比以前安靜許多。他喜歡我的羽毛、溫度和陪伴的感覺，說完話之後他會比較開心。這是我認識的小孩，這些認識不建立任何一個名字之上。」

「我好像有一點明白，像是草原沒有名字，當我想起草原時，腦中會浮起雨後泥土混著青草的味道，和風吹過草原時瞬息萬變的圖案。」

貓頭鷹微笑起來，原本圓圓的眼睛瞇成細細彎月形。牠振翅一飛，往樹林深處飛去。遠方傳來勿勿勿勿，勿勿勿勿勿勿勿的聲音，漸漸變小，最後消失不見。

ΦΦΦΦ ΦΦΦΦ

小孩在樹下找到一塊乾草地，他倚著樹幹坐在草地上，拿出日記本，想記下貓頭鷹說的話，卻不小心睡著了。

醒來時，樹林裡充滿陽光，露水已經被曬乾。他愣愣看著眼前的景象，好一會兒才想起自己為什麼不在房間裡。他翻身將自己推起，發現貓頭鷹就站在身邊。

「該出發了。在找到前往邊界的路之前，你還需要忘記許多東西。當你忘記時，才能看見路的方向。」貓頭鷹說。

「忘記什麼？忘記之後，還能想起來嗎？」

貓頭鷹沒有回答，拍拍翅膀飛回樹洞裡，張著圓形大眼看小孩，像要目送他離開。

「那麼，請至少告訴我，現在該往哪裡走？」小孩仰頭問貓頭鷹。

「不管往哪個方向走，都會到達邊界。」

小孩點點頭，和貓頭鷹揮手道別後，轉身往陽光灑落的方向走去。

ΦΦΦΦ ΦΦΦΦ Φ

樹林裡長滿各式各樣的藤蔓和苔蘚，攀附在樹枝、樹幹、樹根上。巨大的樹根常常讓他分不清，眼前隆起的小山究竟是一棵樹長在丘陵頂端，還是樹根抓著泥土往天空長成山的樣子。

小孩發現，樹林裡根本沒有現成的道路，他必須像野獸般，順著倒下的樹幹或橫切過森林的小溪找到勉強可以行走的途徑。他心想，除了原本就居住在樹林的動物之外，他也許是第一個踏進來的人。

在茂密的樹林中，沒有強風帶來的氣流，他試了數次都無法飛翔，只好用雙腿繼續探險。

越往樹林深處坡度越陡，樹越來越高，卻越來越稀疏，沒有樹葉的地方陽光炙熱。剛剛穿越的小溪失去蹤影，不知道什麼地方傳來幾聲悠長的咕嚕聲，像是鳥叫，又像某種野獸在打呼。他抓著藤蔓與裸露的樹根攀爬，越過一棵又一棵巨木，前方始終是一望無際的上坡。幾小時後，小孩走累了，躺在某棵樹下休息。透過茂密枝葉，他隱約看見閃閃發亮的藍色羽毛，在樹葉間穿梭。

他想看看那藍色羽毛究竟是什麼動物，腦袋想著，卻敵不住濃濃睡意。微風輕拂，小孩累得睡著了。

他被輕脆咕嚕聲喚醒，睜開眼睛，遙遠樹枝上站了兩隻藍鶲，咕嚕咕嚕叫著，像一對戀人。

小孩抬起頭，試著和藍鶲說話。

「你們的藍色羽毛好美，為什麼我從來沒有在窗子裡看過你們呢？」

其中一隻藍鶲回答：

「你的窗子只看得見貓頭鷹，其他東西是看不見的。」

「我的窗子只看得見貓頭鷹……？」

「貓頭鷹是森林顯現給你的一小片角落，你可以選擇只看見那片角落，或是走進窗子發現其他景色和世界。」

「如果我想看見全部的世界，我該怎麼看見？」

「你看不見的，你只能看見你選擇的軌跡，以及軌跡旁邊的景物。」

「如果我想看見更多呢？」

「那麼你就必須來來回回的走，走到再也站不起來為止。但這樣做是沒有意義的，當你越想擁有某樣事物的全部時，將會發現握住的僅僅只是少許碎片而已。而且，你還擁有其他扇窗子不是嗎？如果只在其中一扇窗裡生活，就看不見其他窗子裡的風景了。」

「難道我不能待在同一扇窗子裡生活嗎？」

「不是不行，這是你的選擇。只是從以前到現在，選擇在同一扇窗子裡生活的人，最後都在孤單中死去。」

「嗯……」小孩有點失落，他還是不明白，為什麼他不能擁有全部的世界。

沉默一陣子後，小孩終於想起他要問的問題。

「那麼，你可以告訴我，前往邊界的路在哪裡嗎？」

「繼續往前走，不管遇到什麼都不轉彎，就會看見。」藍鸛舉起翅膀，往山坡高處指。

小孩和藍鸛說了聲再見，繼續攀著樹根和藤蔓往上爬。

ΦΦΦΦΦ ΦΦΦΦΦ ΦΦ

幾天後的夜晚，無止盡的上坡終於走到終點，當小孩爬上最後一個陡坡，無邊無際的平坦草原迎面而來。樹林和陡坡擁有同一條邊界線，沒有陡坡的地方就沒有樹林，那界線清楚得像是用筆畫出來的，一邊是樹林，一邊是草原，沒有誰逾越界線。

猛然一看，眼前這片草原和房間裡另一扇窗景彷彿有幾分相似。

在樹林盡頭轉頭往回看，已經看不見貓頭鷹住的那棵樹。在明亮月光映照下，他看見一片樹海沿著山坡起伏，綿延不絕，向低處延伸。這時他才意識到，他現在正站在高山上。

回過頭看，眼前出現一隻鹿。

頭上沒有角，應該是母鹿吧。小孩心想。

小孩第一次看見鹿，鹿比他想像中還要巨大，他必須仰頭才能看到鹿的眼睛。鹿的黑色眼睛帶著神祕、深邃的美。在月光下，牠的頸背散發難以言喻的銀灰色光芒，牠的臉背對月光，使他看不清牠眼睛裡的祕密，只覺得有股沉靜的力量散發出來，同時帶著警戒，像是在辨認眼前的訪客是誰。小孩不敢亂動。

他們看著彼此，分享沒有語言的安靜時刻。

小孩覺得時間、呼吸、心跳似乎都暫停了。過了好長一段時間，鹿才像是終於認出小孩，低聲說：

「跟我走。」

鹿說完立刻轉身，向草原飛奔而去。

此時突然颳起強風，小孩明白，這是鹿給他的隱形翅膀。他舉起雙手，逆風起飛，跟著草原上發亮的銀灰色軌跡飛去。

ΦΦΦΦΦ ΦΦΦΦΦ ΦΦΦ

這是一個銀色的夜晚，草原、奔跑的鹿、背後的森林和所有世界都是銀色的，小孩看著自己的身體，也和眼前世界一樣是銀色的，月光的顏色。小孩往上空飛去，直到鹿的輪廓縮小到只剩小拇指指甲大小。眼前的世界乾淨得像是水晶球裡的倒影，天空和草原無限寬廣，看不見盡頭。

「我在尋找的邊界，在草原另一端嗎？當我越過草原之後就能看見嗎？」

小孩想，如果草原沒有盡頭，那他是不是永遠到不了邊界？邊界真的存在嗎？會不會找到邊界的時候他已經老了？

他出神的想著，沒注意到鹿漸漸慢下腳步。

他回過神來，發現鹿消失在視線範圍。他驚慌失措到處尋找，找了好一陣子，才在往回飛三分鐘之後找到牠。牠站在一個大白點旁邊，大白點在風中不時改變形狀，像一隻活著的什麼怪物在蠕動。

小孩降落在草原上時，他才看清楚，那不是什麼怪物，那是樹，一棵沒有葉子卻開滿花的大樹，在風中優雅搖曳。一望無際的草原上只有這麼一棵樹聳立著，像是從森林裡跑出來玩最後迷路在草原上的樹，失群的樹。枝幹與花朵搖曳的模樣，從上方看下來有些恐怖，從地面看卻美麗無比。

細小淺白花朵佈滿整棵樹，不時有些花瓣飄落，順著風吹向遠方。

「你帶我來看這棵樹嗎？」小孩問身邊的鹿。

「摸摸樹上的花。」鹿低聲說。

小孩走近其中一個低矮枝枒，緩緩伸出手。

他的手指才剛碰到花瓣邊緣，所有的花突然發出巨響，接著，像爆炸一樣噴出大量灰色粉塵。他嚇了好大一跳，跌坐在地上不斷咳嗽，眼睛不斷流淚，直到粉塵散去後才漸漸好轉。

重新張開眼睛時，眼前的樹已經變成另一個模樣。

所有的花都消失了，剛剛還是修長優雅的樹枝，現在變得焦黑、扭曲、猙獰，不再隨風搖曳。

「樹怎麼了？是我害它變成這樣嗎？」小孩著急的問。

「現在才是它原本的模樣。這棵樹總是披上優雅外衣，讓路過的人們為它停下腳步，愛上它的美。但是，如果太靠近它，就會發現那不過只是幻影。」

「為了不讓人發現美麗形象是幻影，所以靠近它的時候，幻影會爆炸……」小孩不可置信的思考著。

「許多人相信，是他們的觸碰造成爆炸，而深深內咎，看不見幻影和真實差別的人們無法走出迷惑……。你看看靠近樹根的地方。」

「天啊！是骨頭！誰的骨頭？」

「走不出迷惑的人，他們一輩子在樹下看虛幻的花瓣。」

小孩打了個冷顫，他急急問鹿。

「只有這棵開花的樹是幻影嗎？會不會草原也是幻影，月亮也是，你也是，整個窗子裡的世界都是幻影。我們只是在幻影中交談而已？」

鹿沉默許久，靜靜看著小孩。

「我沒辦法回答你這個問題。不過，一旦你開始思考，總有一天會找到答案。」

小孩突然覺得好哀傷，他不知道可以相信誰，不知道該怎麼相信眼前的景物。

「我可不可以……抱抱你？當我抱你的時候你會爆炸嗎？」

鹿微笑著走近小孩身邊，用鼻子摩擦小孩的臉，小孩伸出手撫摸牠的脖子，輕輕抱住牠，感覺到牠身上熱熱的溫度。

「至少，這一刻你是真的。」小孩輕聲說。

透過鹿的頸背，他看見那棵樹又重新變成開滿白色小花的模樣，優雅纖長的枝枒搖曳在風中。只是，他不再覺得美麗了。

ΦΦΦΦΦ ΦΦΦΦΦ ΦΦΦΦ

再次出發之前，鹿對小孩說了一個關於幻影和真實的故事。

從前從前，在世界西南邊崇山峻嶺之間，有一座遼闊無比的高原。那座高原離海平面太遠、空氣太稀薄，據說除了植物以外，只有天使可以生活在那裡。不知道從什麼時候開始，山下的城鎮開始流傳高原上的神祕傳說，每個傳說都帶著深刻寓意，居民說，那是天使告訴他們的故事，路過的旅人說，那是居民被魔鬼蒙蔽了心智。誰也不知道這些故事是真是假，不過居民們依舊將這些故事代代相傳給子孫，他們希望藉由述說天使的語言，將寄託在故事中的祝福送給孩子。那座高原因此而得到一個名字，叫做天使的高原。

我將要說的，是四十八個故事中最廣為人知的一個。

高原上零星散布著湖泊，其中最大的湖泊中間有座小島，島上僅有一片荒蕪沙地，小島邊緣倒臥著一棵枯木，頭下腳上插進湖水中。湖面上只看得見一點點樹根，湖中隱約可見樹幹、樹枝、樹梢的部分輪廓，在晃動扭曲的光線折射下跳舞。

樹幹蒼白、透著湖水的青綠，在陽光底下閃耀著奇異的金屬光澤。那棵樹，據說，在土地還沒抬升成高原之前就和大湖一起出生，當時小島還是一片蓊鬱森林，茂密繁盛。那棵樹，並不是枯萎死亡後才倒在湖中，而是打從一開始，它就以相反的方向生長在湖底。

那棵樹，一直以來習慣湖裡冰冷的溫度和漂浮的感覺。透過水面反射，可以看見它自己的倒影站立在水面上，和小島上的樹重疊在一起。有時候它想，說不定水面上的倒影才是真實存在的，但真實又是什麼呢？看見是真實嗎？觸碰是真實嗎？感受是真實嗎？如果都不是，那究竟什麼才是真實？

它看見水面上自己的倒影，與其他樹影熱烈玩在一塊兒，在明亮、熱鬧、充滿生機的小島上生活著，有時候情感的流轉讓它幾乎相信自己存在於水面上，但同時，冰冷的溫度不斷提醒它，無聲的水底才是它生長的地方。

如果不是某天特別強烈的陽光，它可能永遠不會發現，所謂存在，其實是相對的概念。在它相信的那一刻，它就存在。當它真心相信，並且在水面上感受到溫暖陽光的那瞬間，它發現，所有的樹，長久以來它一直以為生長於水面上的樹林，事實上都是倒影，每棵樹都來自水底，但它從未見過它們。也許，世界上有無限多個湖泊，每個湖泊只容得下一棵樹，每棵樹都活在冰冷無聲的世界，承受著無盡的孤獨。

故事告一段落。鹿發現小孩早已睡倒在身邊，呼嚕呼嚕的打鼾。

ΦΦΦΦΦ ΦΦΦΦΦ ΦΦΦΦΦ

黎明降臨前，鹿把熟睡中的小孩背到背上，朝星星升起的方向奔馳。

鹿跑得飛快，星星變成一道道光箭向後射去。天空急速旋轉，時間以某種不知名的方式在空間中加速。草原、地平線、月亮、後方的樹漸漸模糊輪廓，顏色交替混雜，融成黯淡的灰。

牠在混沌的灰色中持續奔跑，不知道過了多久，那片無邊無際黯淡灰色當中，漸漸浮現赭紅、暗褐、土黃、青黃，融合的顏色再度分離，安份回到輪廓裡。這次，是荒漠的輪廓。

小孩在鹿的背上醒來，發現眼前的景色變了模樣，吃了一驚。

「我們在哪裡？」小孩問鹿。

「我們正要穿越世界的中心。」

「世界的中心，原來是一片荒漠……」

小孩剛說完，東方的地平線開始微微透出紫紅色光暈，紫紅色上方出現漸層淺藍、靛藍、深藍、藍黑。紫紅色才剛出現，一轉眼就變成橘黃，再變成金黃。金黃染遍東邊的天空，暈染不到的地方變成摻了淺灰的藍。幾道更顯眼的銳利金邊鑲嵌在地平線附近的山岳輪廓。接著，在閃著金邊的山岳間，耀眼的光芒一躍而出，光芒湧入天空和大地，瞬間把世界照亮。

在光芒中，小孩看見被烈火灼燒過的大地。

眼前是一片赭紅色岩石荒漠，放眼望去，所有一切都是深淺不一的紅。最深的紅，像剛從傷口流出的鮮血，最淺的紅，像白色花瓣中的一抹紅暈。

地表佈滿流線紋理和風化裂痕，有些裂痕細密如蛛網，有些深邃如山谷。石頭到處散落，巨大石頭堆砌成山，視線盡頭爬滿石頭山脈，小石粒被風吹得漫天飛舞，肆無忌憚的刮過小孩和鹿身上。

太陽才剛從地表升起，紅色荒漠馬上變得炙熱難熬。

鹿在烈日下繼續奔跑，荒漠地形崎嶇，小孩必須緊抓著鹿才不會掉下去。空氣漸漸變得窒悶，每一口吸進去的空氣都灼燒著氣管、喉嚨和肺葉。小孩開始感到疼痛，熱浪不只侵襲氣管，還侵襲到全身每一吋皮膚，所有露在衣服外面的皮膚都被曬得滾燙，額頭、臉頰、鼻子、前胸、後頸、兩隻手臂、手指、膝蓋、小腿，沒有一處倖免。過了一段時間，連被衣服覆蓋的部分也開始一點一點感覺到灼熱，灼熱變成刺痛，刺痛變成模糊又大面積的痛，從皮膚表層延伸到深處。

疼痛讓他異常清醒，他第一次這麼清楚感覺到全身每個部位、每吋皮膚、每個關節。因為太疼痛，他甚至能察覺每滴汗珠流過身體的軌跡。

太陽升高到天頂的時候，曬傷的灼熱疼痛讓他難以忍受，小孩忍不住問鹿：

「太陽曬得好痛……我們……可不可以休息一下……？」

「在休息之前，我們必須先通過中心點才行。」

「中心點？」

「也被稱為熱點，是荒漠裡最熱的地方。在熱點附近沒有任何植物能生存，水一滴到地表會立刻蒸發成煙霧，動物皮膚碰到地表會立刻烤焦。」

小孩聽到這句話，抱著鹿的雙手抱得更緊。

「荒漠這麼大，看起來無邊無際，為什麼一定要經過這麼恐怖的地方？」

「這是前往邊界唯一的路。」

突然間，吹過身邊的風變涼了，小孩驚奇的抬頭，看見幾分鐘前還是湛藍無雲的天空已經鋪滿烏雲，稀疏又大顆的雨滴打在小孩身上，讓他覺得有點痛有點麻；雨滴落在地上，發出「嗤」的聲音，變成煙霧從地表飄起。

更多雨滴落在地上。變成一道道白色煙霧，發出此起彼落的嗤嗤聲。

「荒漠也會下雨？」小孩吃驚的問。

「這不是好事，我們得趕快離開。」

雨越下越大，雨滴打在小孩身上時，他還是覺得又痛又麻。不過，不像一開始那麼劇烈，反而有股冰鎮的舒服。白色煙霧在地表附近繚繞，抹糊了地平線。

他聽見一股細密又強烈的聲響由遠而近朝他們移動，聲響爆裂的瞬間，傾盆大雨降臨。小孩眼前的世界被大雨和水蒸氣籠罩，剛剛還分辨得出荒漠的褐紅的和天空的灰白，現在只剩下溫熱的白色煙霧。小孩覺得自己像是浸泡在水裡，冰涼的觸感流過全身每個角落，但呼吸到的空氣卻是熱的。曬傷的疼痛一點一點褪去。他鬆開手，想讓雙臂迎接雨水。

鹿跳過幾顆大石塊，還伸著手臂的小孩差一點摔下去，他嚇得趕緊抓著鹿，把自己扶回原本的位置。

「熱點最恐怖的地方是，不管雨下多久，地表的熱度都不會降低。」小孩在大雨中聽不太到鹿的聲音，他必須靠得很近才能聽見。

他把臉貼在鹿的脖子後面，清楚聽見這幾個字。

「看看地上，還是乾的。」

小孩低頭一看，籠罩他們的煙霧似乎在地面留了開口，露出鮮明的褐紅色，偶爾被一陣陣煙霧覆蓋又出現，出現又被覆蓋。霎時間，他以為天和地顛倒了，整個天空像海洋，褐紅色地表像黃昏天空。紅色地面上才有空氣存在，儘管那是炙熱的水蒸氣。

ΦΦΦΦΦ ΦΦΦΦΦ ΦΦΦΦΦ Φ

鹿繼續奔跑，小孩察覺到打在身上的雨滴漸漸變少，地面上不再升起白煙，雨滴滲進紅色岩石裡，把岩石染成灰黑色。

再過一段時間，雨停了，周圍空氣不再炎熱得令人難受，地上不再傳來熱氣，小孩身上的曬傷也不太疼痛了。雲散開之後，看見太陽斜掛在西邊山脈上，已經是黃昏時分。

「我們離開熱點了？」

「嗯，天黑以前我們會休息。」

沒多久，小孩身上的水滴被風乾，他看著身上被曬紅的皮膚，腫腫脹脹的，一摸下去就刺痛，還滲出一些不知名的液體。他想，幸好現在已經沒有大太陽了。

太陽下山前，鹿終於停下腳步，小孩看見西邊山脈底下有條分界線，切開山脈和大地，他爬下鹿背往前走，想看清楚那是什麼。他再往前走幾步，山脈和分界線之間出現一條裂口，越往前走裂口越大，相同的褐紅色荒漠在裂口裡鋪開，只是景物看起來好小、好遙遠，而荒漠顯得好巨大、一望無際，彷彿沒有盡頭。

「原來我們到了斷崖上。」小孩心想，「我從來沒有看過這麼遼闊的景色。」

夕陽光線從山脈後方照耀著，把褐紅色岩石照得更加豔紅，更像鮮血。每座岩石山脈、丘陵、每個石塊和裂縫的影子都拉得極長，許多影子互相連接，一條接著一條黑影從山脈延伸到小孩腳邊，再往後延伸到另一端地平線。

夕陽一點一點沉入山脈後方，荒漠裡的影子逐漸拉長、擴大、互相融合，鮮血的顏色越來越黯淡，範圍越來越小。最後，影子蓋過所有荒漠裡的一切，血色完全消失了。

「山脈的後面就是邊界嗎？」小孩指著夕陽落下的方向問鹿。

「視線盡頭不一定是尋找的目標，那只是眼睛的極限，就算看見的景色再遼闊也一樣。」

「可是我看不見更遠的景色……」

「不需要看見，只要知道那是前往邊界的方向，就足夠了。」

小孩思考著鹿說的話。他轉過頭，看見第一顆星星在地平線另一端升起，想像藏在斷崖下方、山脈背後的景色。

ΦΦΦΦ ΦΦΦΦΦ ΦΦΦΦΦ
ΦΦ

那天晚上，小孩和鹿在斷崖邊休息。

夜晚，岩石仍留有陽光餘溫，小孩躺在暖暖的岩石上，看著無數星星掛在夜空中，偶爾有流星劃過。

「其他窗戶裡，是不是也有人躺在世界的中心，看著一樣的星空呢？」

「以後當你走進另一扇窗戶時，抬頭看看星空，說不定就可以找到答案了。」

「那…你只生活在這扇窗裡嗎？」

「是，也不是。未來也許你會在其他窗子裡遇見我，只是我將以不同的樣貌出現。」

「我要怎麼認出你？」

「不需要認出我。當我們重新相遇，會建立新的關係，像認識新朋友那樣。」

「那不是很哀傷嗎？我們已經走過這麼多地方，談過這麼多話，再次相遇時卻認不出對方，想不起共同的回憶。我重新遇見你，和遇見其他任何新朋友，難道都一樣嗎？」

「我們一起經歷的種種，會幫助你前往下一段旅程。未來也許你會想起我，也許會懷念。當我們重新相遇，將一起度過另一場冒險，無論你能不能認出我，都不會改變你感受到的體悟和所經歷的一切。所以，只要用心感覺每樣事物，記得每個變化、每個感觸，也就夠了。有時候，太執著想留住某些回憶，反而會使你看不見眼前的風景。」

「只要用心感覺、用心記得，就夠了……」小孩重複著鹿的話。

談話結束了，四周一片安靜。當小孩睡著時，他做了一個夢，夢見昨天晚上鹿說的故事中，那棵生長在湖裡的水底樹。

陽光透進湖裡，光線在水中明暗不定的閃搖，樹的部分輪廓隱身於黑暗之中，像一張殘缺剪影。

突然間，從湖底湧出無數氣泡，如大地的呼吸，細密氣泡晶瑩如水晶，穿越層層樹枝浮出水面。許多氣泡停留在樹枝隙縫間、紋路裡，將樹的輪廓刻畫成迷離光影。

大地說，記憶深處湧出的氣泡，以愛為名，若能辨識並明白自身原本已擁有的，無論是來自心裡或別人給予的愛，無所畏懼其到來、離去和消長，便能從湖中、從夢中醒來。醒來，以呼吸繼續撫平生命的不安。

小孩醒來後，皮膚上還留著水中冰冷的觸感，依稀看見樹影在眼前搖曳。他想，也許他了解的事情還太少，以至於清醒時，仍覺得自己還活在夢裡。

ΦΦΦΦΦ ΦΦΦΦΦ ΦΦΦΦΦ
ΦΦΦ

小孩站在斷崖邊，看向另一端仍舊漆黑的大地，等待黎明。再一次，他看見荒漠裡的日出。絢爛光燦，華麗得不太真實，尤其在這詭異的紅色世界。

「白天和黑夜，是為了它們之間的璀璨交界而存在嗎？」小孩忍不住問。

「日夜的存在不為了其他目的，它們的存在就是目的。交界的美麗只是轉身離去那瞬間，回頭一瞥留下的光影。交界永遠美麗，像你在尋找的邊界一樣。」

「我不知道邊界美不美麗，只是想知道窗子裡的世界有多大，我能走多遠。」

「遠遠超出你的預期，無窮無盡，對吧？」

「如果真的無窮無盡，是不是就沒有邊界了？」

「邊界不是一條畫在地上的線、一座斷崖或是海中漩渦。它存在於時間之中，隨著你走過的步伐而變化，它悄悄注視著你，卻不讓你發現。直到你來到它面前，才會看見它的模樣。」

「你會帶我找到邊界嗎？」

「我會指引你，但是能不能找到必須靠你自己。」

小孩點點頭，看著逐漸變熱的荒漠，說：

「趁岩石變成火焰煉獄之前，我們走吧！」

鹿載著小孩繼續飛馳，越過一座又一座山脈，遠離斷崖、遠離世界的中心。

ΦΦΦΦ ΦΦΦΦΦ ΦΦΦΦΦ

ΦΦΦΦ

當眼前的世界不再只有紅色，地表不再炎熱時，天空開始飄起漫天大雪。

起初，還看得見附近景物輪廓，遠方有一片河谷，山丘另一端長滿針葉樹林，長長的下坡路前盡是開闊景色。後來，隨著風雪越來越大，視線也越來越模糊，景物消失在白雪裡。最終，小孩只看見白茫茫大雪紛飛，其他什麼也看不見。

雪花肆無忌憚鑽進每個孔隙，讓他幾乎無法呼吸。他緊抱著鹿，頭靠在鹿的脖子後方，想取取暖、多少避開一些風雪。

幾片冰雪飄進小孩眼睛裡，刺痛無比，他閉緊雙眼防止冰雪繼續滲入，流出的眼淚在幾秒鐘後凍結成冰，附著在臉頰上，用手輕輕一碰就掉了下來。小孩冷得漸漸失去觸覺，雙手分辨不出雪的冰冷和鹿的溫熱，知覺跟著一點一點消失，在他以為將要昏迷的那一刻，雪停了。

他張開眼睛，看見太陽遙遙掛在天邊，顯得好遠、好小、好微弱。昏沉沉的慘白天空，太陽和雪景一樣黯淡且朦朧不清。他非常驚訝的發現，積雪已經高過腰際，鹿奔跑時像是刀子一樣切開一條隙縫。他們在隙縫間飛奔，緊貼著切割過的冰冷牆面。他伸手觸摸純白的牆，才剛碰到表面就立刻深陷進牆裡，柔軟得像棉花。如果觸覺沒有讓他感到寒冷，他會以為他們奔馳在雲朵之上，一個棉花糖般的夢境。

那條切開的隙縫，從山丘上一路延伸到河谷、平原，最後切進另一座山脈的針葉林裡。樹林裡沒有積雪，鹿終於停下腳步，讓小孩喘口氣休息一下。

小孩跳下鹿背，十分訝異他踩在乾淨的泥土地上。他抬頭看針葉林，以為會看見滿樹積雪，沒想到卻連一點雪的痕跡都沒有。然而，這裡的每片樹葉、每根樹枝、每根樹幹都被透明純淨、厚如拳頭的冰層層包覆。冰太透明、樹葉翠綠，如果不仔細看，會以為空氣中懸浮著一層包著所有東西的膜，在光線折射下稍微改變樹的直線角度和曲線弧度。

透過冰的反射，小孩看見自己的臉出現在每根樹幹、每根樹枝、每片樹葉上，無論他看向哪裡，每張臉都凝視著自己。倒影裡的臉都擁有一模一樣的五官和輪廓，但卻有種說不出的陌生，陌生得不像自己，小孩不禁懷疑，那真的是他的倒影嗎？

越走進針葉林深處，包覆在樹上的冰層越厚，倒影也越詭譎。那些臉面並非浮現於冰的表面，它們擠壓在轉角和縫隙，沿著樹枝蜿蜒而扭曲、擴張，有些甚至辨認不出五官，並在小孩走過時緩緩蠕動著。

「這是……被施了魔法的森林嗎？」小孩不敢再看自己的倒影，急忙轉頭看鹿。

「這是前往邊界的最後一段路程。」鹿看著前方「我只能陪你到這裡，接下來你必須自己走。」

「什麼？你不陪我繼續走？你要離開了嗎？這麼突然？」

「你開始依賴我了。自從你信任我，就不再勇敢，不再承擔選擇和迷路的風險。你希望從我這裡得到所有解答，包括理解世界的方式和建構是非的價值觀。至少，最後一段路，你得自己好好思考這一切。」

「就算我找不到邊界，你也不幫我？」小孩著急起來。

「找得到或找不到，是唯一重要的事情嗎？不管結局是什麼，都是最獨特的經驗、只屬於你的旅程。旅程結束後，不管過多久，你一定會記得這扇窗裡走過的每條路，每幅風景，每個與你交談的心靈和每樣使你震動的感觸。別忘了，你選擇了觀看世界的方式，世界就會如實呈現在你面前。成像與倒影，永遠如此。」

小孩深吸一口氣，整理好情緒之後，緩緩的說。

「如果我必須自己走過這條路，請告訴我怎麼克服恐懼。」

「眼睛看見的事物不一定真實，大腦思考的結論也不一定可以信賴。除非你能聽見心裡的聲音。」

「心裡的聲音……？我的心裡充滿感覺和情緒，那就是心裡的聲音嗎？」

「不是。心裡的聲音會在萬籟俱寂時出現，情緒和感覺的波濤靜止後，更深、更廣、更模糊的意念將出現在波濤下方深處。模糊，卻堅定。當它出現時你會認出它，之後，無論波濤怎麼拍打，你都會因為感覺到那深沉的意念而平靜。當你在變動的萬物中如同磐石一般靜止，就能看見表面以下的本質。」

「我聽得懂，但無法體會。希望有一天能體會你說的話……」

鹿微笑看著小孩，頭輕靠在他肩膀上。小孩環抱鹿的脖子，希望在離別前記住鹿身上毛茸茸的觸感和暖暖的溫度。「你記不記得前天晚上在荒漠裡，我說了一個湖底樹的故事？故事還沒說完，你就睡著了。我把剩下的故事告訴你再離開。」鹿悄聲說。

那棵樹，活得比其他任何一棵樹還要久。它在時間軸上刻下永恆印記，當時間向前延伸，印記始終留著，一如大地的胎記。所有生命經過、消逝，生滅循環運轉不息。只有它停留在白晝與黑夜的交界上，不再隨著黑夜到來而入睡，白晝降臨而清醒。

那棵樹，並非自願如此。它在某個瞬間不小心看見時間的祕密，窺視祕密換來的懲罰，就是凝結在時間之中，動彈不得。

於是，每當它遇見其他的樹，還來不及認識，它們就已死去。太多別離，太少相聚。也許對其他的樹來說，已陪伴了一生，但對它而言，這樣的時間卻只夠說出一句話。所以，當它遇到另一棵樹，只能努力傾聽、努力理解，然後窮盡力氣說出一句話。它說的每一個字都重如千斤，但卻始終沒能明白那些話是否來得及讓另一棵樹聽見。因為，它從沒聽過任何回應。

太多傷痛，太少快樂。那棵樹，漸漸忘記怎麼笑、怎麼說話、怎麼愛另一棵樹。它問時間，窺視祕密的懲罰什麼時候才能結束？時間沒有回答。它閉起眼睛不再移動，以無聲的抗議表達哀傷，並且期盼有一天能走進生滅循環，與其他生命擁有相同時間刻度，能說話、交談、愛和被愛、一起出生、一起死亡。

但是，它始終未曾接近死亡一步。它閉著眼睛感受時間從身邊流逝、湖水溫度說明四季更迭。小島上一度喧鬧無比，每句飄在空中的話都說得太快、倏忽即逝，它還沒有聽懂任何一句話，那喧囂就漸漸歸於沉寂了。

寂靜中，經過無數悶熱夏日和寒冷冬日，當它以為和寒冬一起消逝的時候，往往又被炎夏高溫提醒還活著的事實。

不知道過了多久，它終於張開眼睛。小島上看不見任何一棵樹、一個生物，連一根枯枝都沒有。從前的肥沃土壤現在變成荒蕪沙地，乾乾淨淨，風吹過時揚起陣陣沙土。天空湛藍深邃，比深海還藍，映照著把湖水也染成天空的顏色。它想，所有生命都死去了嗎？為什麼只剩我還活著？

時間說，沒有真正的永恆，只是消逝速度不同。凝結是懲罰或是賜予？你可以說，那是對於永恆的渴求換來的賜予，賜予凝結印記並觀看時序交替。千萬次月亮圓缺帶著潮汐漲落，絕對的變化等於不變，絕對的存在等於不存在，絕對的消逝等於靜止。消逝本身並不哀傷，哀傷的是永恆不如想像中美好。在遊戲當中尋覓規則，看見規則時卻寧願置身遊戲裡。你想回到遊戲裡嗎？

那棵樹回答，是的，我想。

回答完的瞬間，凝結在時間軸上的印記融化，原本應在千萬年前死亡的枝幹化成灰燼，漂散在湖水中，漸漸消失，只剩下隱約可辨識的少許樹皮，炭化成黑影，勾勒出樹的殘缺輪廓。

故事說完了。小孩與鹿對看許久，已經說過再見，已經擁抱過，似乎不需要再做任何一件事情來紀念或宣示告別。

於是，鹿低下頭、轉身，朝原來的方向奔馳離去。

鹿的背影漸漸變小、變小、最終消失在雪地裡。

小孩第二次嚐到離別的滋味，這次他總算明白，離別可以沉重如冰，也可以輕盈如雪。

ΦΦΦΦ ΦΦΦΦΦ ΦΦΦΦΦ
ΦΦΦΦ

溫熱的眼淚滴到手上，他才察覺到他在哭。不是害怕孤單，而是某種突然被剝離的裂口，在心裡留下好大一塊空白。他明白某些東西將永遠被封存，某些記憶將永遠被收進看不見的箱子裡，貼上紙條，寫著鹿的名字。

牠甚至沒有名字，只有毛茸茸的觸感、暖暖的溫度和善解人意的心靈。

小孩慢慢等自己平靜下來，等自己不再哭泣。然後轉身面對樹林深處，淚眼朦朧間又看見無數張扭曲臉面，如同冰一般凝結不動。然而，不知道什麼時候，臉面已悄悄變成哀傷表情，像是反映他的心情。

「那不是我，」小孩猶豫了一下「或者……是我還不認識的自己？」

他一移動腳步，臉面就甦醒過來，一邊緩緩改變表情，一邊如同液體般流動，有些五官從破了洞的輪廓裡流出，被擠壓到轉角和邊緣，堆積成深色陰影。當他走過，臉面察覺到他的害怕，便肆無忌憚表現「害怕」，每張臉都驚恐的張大嘴巴，無聲尖叫吶喊。

再往前走，冰越來越厚，路越來越窄，能走的空間也越來越低，他只能勉強從冰的隙縫間屈身穿過。和臉面的距離太近，讓他幾乎無法呼吸。他知道臉面只不過在反映自己的情緒，但卻控制不了逐漸擴大的害怕，摻雜著擔憂、猜測、不安和一絲憤怒，憤怒自己無力改變現況的軟弱。

他顫抖得無法再繼續往前走，只好蹲下來，閉起眼睛，想著鹿離開前說過的話。

「眼睛看見的事物不一定真實……心裡的聲音……心裡的聲音到底在哪裡？」

他想起剛踏進窗子，第一次與貓頭鷹說話的時刻。當時，突然擁有新的溝通方式、站立在全然陌生的景色中，卻一點都不害怕。當時，月光清亮皎潔，樹林深處被層層黑影覆蓋，他不怕黑影，因為貓頭鷹說，黑影是樹林隱藏蹤跡的方式，聽起來像是樹林蓋上被子睡覺。因為他相信貓頭鷹，於是他在泥土地上安穩睡了一夜，像是樹林也為自己蓋了一件被子。

而當時，只是想知道窗子裡的風景有多大而已，其他的在意和牽絆，都是在旅行時一件一件帶到身上的，連害怕也是。害怕的背後，是擔憂未知、擔憂危險、擔憂失去、擔憂一切不如預期……

「相信我。」

他想起，聽見貓頭鷹說話的那一刻，他也聽見風吹過樹梢的訊息。

「相信我。」

他想起，遇見鹿的那一刻，時間彷彿凝結在空氣中，他知道他遇見了夥伴。

「相信我。」

鹿的眼睛背對月光，看不見牠的眼神，只感覺到一股安定的力量散發出來。

「相信我。」

看不見的眼神，現在一定也藏在看不見的某處，繼續凝視、守護著他吧。
「相信我。」
他聽見了。
這句話不是貓頭鷹或鹿說的。
來自他的心底，既柔軟又堅定。他聽見了。
「相信我。」
放下多餘的擔憂。是的，相信我。
不可遏止的溫熱眼淚再次滴到手上，流過手指、滴在泥土上，一滴一滴被泥土吸收。臉面消失了，冰漸漸溶化成水，水淹成河，往樹林深處流去。原本藏在厚重冰層中的道路顯現出來。這次，他不需要問誰，就知道該往哪裡走。
所有的冰都溶化了，他看著濕漉漉的樹林，那些千百年前被冰封的樹葉乾枯萎縮，只留下少許嫩芽，重新蔓生、長大。

ΦΦΦΦ ΦΦΦΦ ΦΦΦΦΦ
ΦΦΦΦ Φ

短短幾分鐘內，剛才還被冰層包覆、彷彿已死去的樹林，現在鋪上一面水鏡，枝幹交織的倒影映在水中，隨著水流晃動而搖曳著。茂密樹林間留著一條路，樹枝像約定好不逾越道路邊界般，形成清楚指引，清楚得連天空也留下一道湛藍。

融化的冰水緩緩流淌，樹林裡充滿清澈水聲。好幾次，小孩以為聽見夾雜在水聲中的鳥叫聲，抬頭一看卻只看見空蕩蕩的樹林，其他什麼也沒有。

水淹到小孩膝蓋，走起路來有些吃力，他扶著路旁枝幹繼續前進。道路蜿蜒深長，使他無法預期究竟會走向哪裡，但隱約覺得，好像繞著某個核心打轉，而且越來越接近核心。

不知道什麼時候，樹林裡的水不再流淌，水面平滑無暇，沒有風，沒有一絲漣漪，只有他走過時的擾動。四周安靜得出奇，除了他的呼吸和走路時劃過水面的聲音之外，什麼也聽不見。當他停下腳步，耳朵深處甚至因為太安靜而隱隱作痛。那幽微的痛覺從耳朵一路鑽進腦裡，藏在思緒和思緒的間隙，使他變得有點昏沉。

他站在水中休息，冰水早已麻痹雙腳的知覺，連手指也跟著凍僵。他搓揉雙手試圖取暖，卻沒有多大效果。昏沉睡意猛烈襲來，他爬上附近的低矮樹枝，找到舒適的位置趴下，休息一會兒。這才想起，從荒漠的日出到現在，完全沒有停下來休息。中間發生的事情太曲折，使他失去時間感。他想，如果黑夜不曾降臨樹林，那麼也許幾個小時，或者已經一個星期沒有睡覺了，誰知道呢？

他睡著了。

他做了一個全黑的夢，被寂靜黑暗籠罩的夢，看不見、聽不見、也說不出話。他在黑暗中奔跑，卻覺得沒有前進，反而一直向下沉。

然後，他被腦中幽微的痛覺驚醒。再次醒來時仍是白天，看不見太陽的位置，只看見原來那片湛藍天空，似乎比之前更藍、更亮、更清澈。

「說不定這座樹林裡真的沒有黑夜……」

他看著水面如鏡子般完美映照景色，水中的色澤比真實更美、更迷幻了些，連自己的倒影也不太真實，看起來……臉色紅潤神采奕奕，但實際上卻非常昏沉。

他仔細觀察四周，想尋找蜿蜒道路的核心，可是除了道路本身，每個方向的景色看起來都一模一樣。他等自己清醒一點後，跳下樹枝，繼續往前走。

水面靜止，不需要扶著枝幹前進，需要的只是耐心，耐心跟著道路轉彎再轉彎。找不到太陽的位置，他早就放棄計算時間、辨認方位，這些事情在樹林中似乎派不上用場。

他連自己走多久都忘記了。

睡著時在黑暗的夢中奔跑，醒來時在永晝的湖裡行走，多麼相似啊！連無聲的寂靜都從現實延伸到夢裡去了。他想著，幸好向下沉陷並沒有從夢裡延伸到現實，幸好黑暗還留在夢中。

繞過一個轉角，道路突然失去蹤影，眼前出現一片開闊的湖泊，像一面巨大的鏡子，映照著的天空不知什麼時候變成粉紅色，亮晃晃的粉紅湖面一路延伸到視線盡頭，邊緣被樹林包圍。這裡原本應該是林間空地吧，小孩想。

小孩仔細一看，才發現這裡不是空地，倒臥的枯樹鋪滿湖底，一些樹枝末稍露出水面，像從水底伸出的手臂。附著在樹枝上的葉子已經乾枯，枯葉在水中浮起，靜止在原本活著的生長角度。這些水中枯樹，和其他針葉樹不同的地方是，沒有任何一株嫩芽、沒有任何生命的痕跡。

小孩走動時形成的漣漪一圈一圈擴散出去，輕輕晃動著水中枯葉。沒多久，一切又歸於平靜。

他突然明白，原來蜿蜒道路的核心，是一座墳場。

ΦΦΦΦ ΦΦΦΦΦ ΦΦΦΦΦ
ΦΦΦΦ ΦΦ

成千上萬死去的樹，手牽手緊靠在一起，被甜美粉紅光澤掩蓋，在永晝的寂靜湖水裡漸漸失去它們的形貌。小孩看見的，是某個停格切片，為了他而停格的時間切片。

每棵倒臥的樹都擁有不同時間刻度。身軀腐爛的速度、記憶蒸發的速度、以及靈魂離開的速度。鏡湖寂靜，卻又充滿雜音。在安靜的粉紅色光澤底下，偶爾可以聽見微弱的、崩解的聲音、消逝的聲音。死亡，以另一種方式喧鬧著。

早到的沉入地底，遲來的浮在水面。垂直距離呈現消逝秩序。當樹沉入地底時，所有事物都遺忘了它，而它也早已遺忘所有事物。對於樹和樹林而言，沒有什麼是必須記得的。除了愛。

於是，在鏡湖裡，可以看見些許氣泡附著在樹枝上，水晶般的透明氣泡。當樹枝崩毀掉落時氣泡浮起，浮到水面上，回到空氣中。

氣泡破掉的瞬間，會發出極其細微的聲音，比風吹過樹梢的聲音還輕。大地說，如果有人曾經聽過那個聲音，終其一生，不會忘記來自心底的氣泡。

ΦΦΦΦ ΦΦΦΦΦΦΦΦΦ
ΦΦΦΦ ΦΦΦ

小孩站在鏡湖邊，看著倒臥在粉紅光澤裡的樹，極其安靜、極其神聖，他明白當樹沉入湖底時，就進入了另一個看不見的世界。他也明白，在鏡湖前，有太多事情他還不能理解。

他輕輕碰了碰露出水面的樹枝，和風化的石頭一樣，一碰就碎。

碎屑掉進湖裡的那一刻，他揣想，是不是所有生命都必須經歷這神聖的寂靜？是不是在荒漠、草原、每個景色、每扇窗裡都藏著通往鏡湖的路？

碎屑沉入水中，隱沒在湖底深色泥土裡，一個微小泡沫從碎屑底下浮起，緩緩繞著螺旋軌跡向上走。小孩看著泡沫浮出水面，他沒有聽見任何聲音，卻突然感覺到心裡有一塊什麼地方隨著泡沫一起消失。那空缺，像黑洞一樣漸漸擴大，形成一道裂口，吸走所有快樂，哀傷排山倒海而來，他彷彿覺得自己也像枯樹般倒臥在冰冷湖水中，失去所有力氣。

有些什麼東西從心裡那道裂口流出，黏稠而陰暗，像是一種懊悔、一種遺憾、一種虛度光陰的空白，把身體內部漲滿、漲滿、連皮膚都快被撐破。

小孩閉起眼睛，看見自己仍籠罩在粉紅色光澤中，他聽見一個聲音，來自於他的心底，卻不是他的心在說話。

「是的，是的，前來的道路多到難以計數，每個人都只能看見一種。道路盡頭是終點也是起點，是消逝也是新生。路途太崎嶇，心靈太沉重，每踏一步都必須釋放記憶，記憶裂口徐徐吐出陳年煙霧，當煙霧消散，放不下的終將放下，在意的終將遺忘。一步一步遺忘所有足跡，一再遺忘，直到道路盡頭，心靈如空氣般輕盈飄浮。其中，還剩下少許閃著微光的結晶，只有被淚水洗滌過的眼睛才看得見。

你問，為什麼那雙眼睛也浸泡在無聲湖水中？為什麼必須一起承受刺骨冰冷？有一天你會發現，眼睛看見的痛苦不是真正的痛苦，那是一面鏡子，映照一切太勉強的失衡、太盲目的衝撞。

死亡偽裝成磅秤重新檢視事物重量，將所有事物重新排列，重新定義。生命並不永恆，只有消逝永遠存在。在消逝面前沒有任何語言能夠描述，在無聲之中遺忘自己，並祝福往來交替的聖靈魂魄找到該去的方向，繼續走向未完的旅程，那就是消逝、就是新生。」

小孩覺得自己好像剛從水中浮起，全身濕透，在冰冷而靜止的時間前赤裸站立。心裡的裂口仍流淌著未能明白的東西，黏稠而陰暗，發出黴味。他重新張開眼睛，發現眼前風景悄悄改變了。或者，是他從來沒有仔細看過鏡湖裡的樹。那些倒臥在湖裡的樹，皮開肉綻，找不到一處完整表面，爛糊糊的身軀漂浮在水中，等待沉進湖底。

腦中幽微的痛覺再次襲擊而來，像猛烈海浪般一波一波衝擊著他的意識，他逐漸失去冷熱的感受，泡在冰水中的雙腿不再感到刺骨。

「好像快要睡著了……應該找個樹枝躺下休息……」

他思考著，但卻漸漸失去控制身體的力量，雙膝一軟，跪了下來，接著上半身也失去重心向前傾倒，雙手撐在湖底，頭又重又沉，眼睛離水面只有幾公分距離。

看著漂散在水中的葉片和樹枝，他想起鹿離開前說的湖底樹結局，是不是也像眼前的樹一樣，消逝在粉紅色的冰冷湖水中呢？還來不及想清楚，痛覺掩蓋了他的意識，他的雙手失去力氣，整個人浸泡在鏡湖裡。

沉進湖裡的那一刻，他原本以為會驚慌失措，沒想到卻有種無法言喻的平靜。

在湖水中，他看見數不清的針葉樹交錯堆疊，數不清的細小針葉、樹皮緩緩脫落、漂散，發出此起彼落的微小聲響。他注意到眼前有片小針葉和他一起向下沉，那片針葉上有顆小氣泡，透著微微的粉紅色光芒，邊緣帶點金黃和淺綠，在碰到湖底的前一刻離開針葉表面，繞著極小的螺旋弧線往上浮。

他連轉頭看氣泡繼續往上浮的力氣都沒有。氣泡離開視線的瞬間，他的身體碰到了湖底，湖底不是想像中的硬泥土地，而是像鋪滿柔軟棉花的漩渦一樣將他的身體吸入、包覆。柔軟的黑暗均勻包覆每一吋皮膚，眼睛看不見任何事物、耳朵也聽不見任何聲音。

在全然黑暗和寧靜裡，他感覺到一個極細微的擾動，他知道，是那顆氣泡浮到水面上、逸散在空氣中。那一刻，他感覺心裡的裂口乾涸了，裂口深處一塊最柔軟的部分被輕輕觸動，溫柔、哀傷又脆弱，像飄過天空的雲朵，隨時會被吹散。小孩覺得，自己好像已經想不起快樂的感覺。

「當我……看見消逝的時候，還會記得快樂嗎？」

「只有看見消逝並且了解變化無常，才會明白真正的快樂。」

那聲音像漣漪一般，在小孩心裡蕩漾開來。

但小孩依舊不明白真正的快樂在哪裡，他只感覺到自己沉浸在一股溫柔又深沉的哀傷裡，感覺自己和針葉樹一樣，漸漸失去輪廓的形貌。

ΦΦΦ ΦΦΦΦΦΦΦΦ

ΦΦΦ ΦΦΦ

回憶形成一顆顆氣泡，從小孩身體深處許多縫隙裡湧現，穿越渾沌黑暗、穿越層層意識浮到皮膚表面，接著離開身體溶化在黑暗中。

他感覺到數以萬計的氣泡瞬間湧出，沖洗著每個角落，每顆氣泡都充滿情感並述說著故事。當氣泡浮起，情感和故事從氣泡內炸裂開來，流竄在皮膚表面。數以萬計的情感和故事交錯流竄、迸發，他抓不住也無法讀懂任何一個。於是他看著它們，感受著它們，靜靜的感覺它們熱烈湧出、炸裂、交融、蒸發、再溶化到黑暗中，漸漸的，一切又回到靜默。

在最深沉的黑暗裡，小孩逐漸忘記事物的名字、忘記白天黑夜、忘記情緒感受，最後，連自己是誰都忘記了。

ΦΦΦ ΦΦΦΦ ΦΦΦΦ
ΦΦΦ ΦΦΦΦ

但是，有一顆氣泡沒有離開他的身體，小孩看著那顆氣泡裡的回憶場景，覺得好陌生又似曾相識。看著看著，他想起了一些事情。

那是第一次遇見鹿的時候。

在樹林和草原交界處，牠背對月光，銀色月光勾勒出耳朵、頸背的輪廓，小孩看不太清楚鹿的眼神，卻覺得有種安定的力量散發出來，牠們彼此凝視許久、許久，彷彿時間凝結一樣。

不知道過了多久，鹿低聲說。

「你找到了。」

那一刻，小孩想起了鹿。

「可是我卻忘記所有事情，忘記了快樂的感覺。」

「當你回到窗戶城市，遺忘的事物將會被想起。當你想起時，會看見幻影底下的事物模樣和表面上完全不一樣。聽見心底的聲音後，你的心會在萬物變動中如同磐石一般靜止，你將不再因為草原枯萎而哭泣，不再因為景色改變而難過，不再渴求走過每一條路、看遍世界上每一個角落，不再害怕冰雪裡自己臉孔的變形倒影。」

「如果我的心像磐石一樣靜止，我該怎麼感覺？我該怎麼快樂？」

「如果你想起爺爺牽著你的感覺，如果你想起和我擁抱道別的時刻，如果你想起愛和被愛的柔軟，就會明白真正的感覺、真正的快樂。」

「但我還不明白……」

「不急，回去之後，總有一天你會明白。」

「那麼，幻影底下的事物就是真實嗎？真實就像草原上的枯樹一樣恐怖醜陋嗎？」

「幻影底下存在的，是被包覆的真實。每一層外殼剝除後，更深的真實將顯現出來。真實不是唯一的解答，而是追尋過程中不斷變動的瞬間。真實本身沒有好壞美醜，那是人們在心中對它的定義。」

「真實是變動的？那我怎麼知道哪一個才是真正的真實？」

「每一種變動的形貌都是真實，不同面向的真實，像是流動的河水不曾改變河流本身，不需要為真實的不同樣貌而困擾，每一種樣貌都是真實的一小部分，也是全部。不用去追尋它，當你看見幻影底下的事物時，真實自然會顯現在你面前。」

「你……也是真實的一小部分嗎？」

「我存在於成像和倒影之間，一個隱密又清楚的位置。鹿不是我唯一的模樣，沒有任何形像是永久的，我也是鏡湖、草原、雪地、荒漠的一部分，事物的分界不像表面上看到的清楚分明。那些我告訴你的事情，你原本就知道，只是忘記了，就像你還沒記起窗戶城市裡的種種。」

一陣風吹過，遠方的銀色草原傳來露水氣味，他看著鹿，現在已經可以在黑暗中看清鹿的輪廓、表情和眼神。那一刻，小孩想起他的房間，旅程的起點，想起那個漆黑的夜晚，當他走進貓頭鷹森林時，完全沒預料到這趟旅行會帶他走這麼久、這麼遠，久到他幾乎以為自己活在旅行中，而不是城市裡。

小孩走到鹿旁邊，鹿低下頭來，耳朵摩擦著小孩的臉。

「我們還會見面嗎？」

「會，但我不再是鹿，你不再是小孩。我們再也不會以同樣的身分形式、在同樣的地點相遇。」

「我想起，在荒漠裡我們一起看星星的夜晚，你說過再次相遇時，我也許會認不出你……」

「嗯，但那一點也不重要，不是嗎？。每次相遇都是唯一且無可取代的，不需要期待相遇帶來的領悟和火花，許多時候，相遇就像河流一樣安靜地流過腳邊，舒服得像是夏天午後的夢。」

「希望那是個充滿棉花糖的夢。」

鹿笑了，用耳朵和側臉碰了碰小孩，毛絨絨的觸感讓小孩覺得很癢，他也忍不住笑了出來。

小孩笑著、笑著，溫熱的毛絨絨觸感不知道什麼時候變成溫潤的木頭，他睜開眼睛看見窗框、看見牆壁、看見被灰塵覆蓋的地板和眼前的窗景——黑夜中的貓頭鷹樹林。

ΦΦΦΦ ΦΦΦΦΦ ΦΦΦΦΦ

ΦΦΦΦ ΦΦΦΦΦ Φ

貓頭鷹依舊縮著脖子、蹲在樹枝上同一個位置，月光從一樣的角度照在樹林裡，一樣照亮貓頭鷹的半邊翅膀和身體。

小孩走進樹林裡，看見曾經睡著的那片空地上，遺留著日記本和筆。

「原來忘在這裡啊！」

說完這句話的同時，他突然發現在旅程中從來沒有想要寫下或記錄什麼，只是全心全意觀察一切、觀察自己。他打開日記本，仔細閱讀自己寫下的文字，從房間蓋好第一天到開始旅行的那一天，所有疑惑、悲傷和不安，現在彷彿都有了解答，儘管不是一個明確的答案，還持續不斷尋找、變動著。不過，他不再迷惘、不再哀傷、不再害怕了。

他闔上日記本，把它留在原地。轉過頭，他發現唯一一個不一樣的地方，是貓頭鷹睡著了。

樹林深處，月光反射在葉子上，形成細碎的銀色斑點。從小孩看過去的角度，那些斑點剛好勾勒成鹿的輪廓，彷彿鹿就站在樹林裡凝視他。小孩心頭一震，往鹿的輪廓走去。但，才剛走幾步，一陣風吹起，銀色斑點隨風搖曳，輪廓消散在黑暗中，看不見了。

小孩往後退回原本的位置，希望能再看見一次鹿的輪廓。風持續刮著，越來越強，銀色斑點漫天飛舞。他在原地不敢亂動，等了許久、許久，風終於靜止下來，銀色斑點散亂的分佈在黑暗中，如同任何一個樹林角落的模樣，他終究沒有再次看見鹿。他走向樹林深處張望，除了月光，那裡什麼也沒有。

「也許在風起之前，鹿悄悄來探望我……也許……」

小孩想起鹿最後對他說的話，突然明白了自己的期待和執著，他笑了笑，轉頭看見貓頭鷹依舊沉睡。他在心裡對貓頭鷹說了聲再見，然後回到自己的房間。

ΦΦΦΦ ΦΦΦΦ ΦΦΦΦ

ΦΦΦΦ ΦΦΦΦ ΦΦ

房間裡，除了貓頭鷹森林以外，其他的窗景都變了樣。

植物枯萎、河流乾涸、海洋蒸發、動物們失去蹤影，沒有任何生命的跡象，景物像被時間遺忘一樣靜止不動，顏色也褪了幾層，變得黯淡無光。小孩進不去這些窗景，他想，也許這就是爺爺說的，凝固，像是最冷的冬天那樣。

小孩看著凝固的窗子，回想自己離開前它們的模樣。有些細節已經想不太起來，有些還記得很清楚。他甚至以為有些景色就是貓頭鷹樹林裡的某些場景，以為每扇窗都通到同一個世界，只是切入的角度不同。但是，他顯然想錯了，貓頭鷹樹林裡的景色還持續運轉著，而其他的窗景早已凝固不動。

他沒有想像中的難過，更確切的說，他覺得十分平靜。他對自己說，窗子裡的景色也和他一樣跨越了邊界，在時間盡頭遺忘所有的一切，不同的是，他回到房間繼續生活，而景色走向邊界另一端，走向另一個開始與結束。

「想必它們會誕生在別人房間的窗框裡，成為更美麗的風景。」

貓頭鷹樹林裡的月光照進房間，把房間染成一片銀白色。小孩在月光下安靜打掃，一點一點擦去灰塵，直到清晨的陽光蓋過月光，小孩才打掃完畢。在微微透亮的陽光下，牆壁和地板閃耀著純白色光芒，房間又恢復一塵不染的模樣。

看見照進房間的陽光，小孩才意識到他累極了。在窗子裡似乎不需要依照白天黑夜的運轉而睡覺休息，但一回到房間裡，身體像是裝上發條一樣，不管旋得多緊，活動一陣子之後就停止下來，需要好好休息才行。

想到這裡，小孩就睡著了。

他做了一個白色的夢，漫天漫地的白，他奔跑、跳躍，身體輕盈得像浮在水中。他發現，當他跌到地上的時候，彷彿跌到雲朵裡，柔軟、充滿彈性、散發著蜜糖的氣味。

ΦΦΦΦΦ ΦΦΦΦΦ ΦΦΦΦΦ
ΦΦΦΦΦ ΦΦΦΦΦ ΦΦΦ

小孩在清晨醒來。

身體醒了，頭腦卻還沒清醒，他有些疑惑的看著房間，以為是旅程的其中一個場景。過了好一陣子，他才想起旅行已經結束，他已經回到窗戶城市了。

從清晨睡到清晨，他的身體沒有從疲勞中恢復，反而變得更加沉重、疲憊不堪、每動一下就痠痛不已。他艱難的站起，稍微伸展手腳，才一轉身，就看見熟悉的身影出現在面前。

「爺爺！」小孩興奮大喊，飛撲到爺爺懷裡，「爺爺你怎麼會來？特別來看我的嗎？你看起來精神很好耶！」

「是啊！特別來看你的。」爺爺笑著抱起小孩，「有點不放心啊！不知道你一個人會不會覺得孤單、不適應，就想說來看看你。」

爺爺放下小孩，摸摸他的頭，說：

「怎麼樣？過得好嗎？」

「嗯……我最近突然明白了許多事情……」小孩不太知道該怎麼說起。

爺爺看著小孩的眼睛，又抬起頭看房間裡的窗子，恍然大悟。

「你到窗子裡旅行了？」

小孩點點頭。

「你遇到一些夥伴，但是最後又和他們分離。」

小孩點頭。

「你穿越邊界了？」

小孩低頭沉默不說話。爺爺牽著小孩走到窗子前，看著清晨的樹林，貓頭鷹依舊在樹枝上沉睡。

靜默一陣子之後，小孩終於開口。

「爺爺你也曾經穿越邊界嗎？你也看過鹿嗎？」

「每個人都會看見他認為重要的事物，每個人看見的絕對不同，就連邊界也是。」

「當你旅行的時候，其他的窗子也會凝固嗎？」

「有些會。你是不是有點難過？」

「不是難過，是遺憾，我還沒來得及認識它們，它們就凝固了。」

「凝固之後，它們會以另一種形式存在。」

爺爺走向那扇自己掛上去的窗，現在窗裡已經看不出草原的痕跡，只有一片泥濘土壤、零星散佈著碎石粒，不仔細看的話還以為是抽象的灰白曲線，灰僕僕得像下雨前的雲。

爺爺的手輕輕把窗框往上提，當窗框離開牆壁的瞬間，堅硬木框變成柔軟的紙，隨著爺爺的手移動而飄動著。紙上蓋滿灰塵，看不太清楚上面的圖案。爺爺雙手握住紙的一端用力甩幾次，把塵埃甩掉，再用手拂過紙面，紙上的圖案顯現出來，就是原本在牆上的模樣，連木框紋路和景色都一模一樣，像是畫家精心素描的作品，還看得見細微筆觸。

爺爺將紙捲成一卷，遞給小孩。

「如果看不見它會讓你傷心，就放回牆上吧，遠遠看起來就和原本的窗子一模一樣；如果想和它道別，就把它捲起來放在角落，一段時間後你就會漸漸遺忘。」

小孩還在理解剛剛發生的事情，有些會意不過來。他不可置信的接過紙卷，紙面光滑觸感讓他不太習慣，也還沒想清楚要把紙卷放到哪裡。

「剛剛摸起來還是木框的感覺…」他仔細看著紙卷，注意到不知道是什麼的細小黑色粉末從紙卷裡不斷飄落，在白色地板上堆積成一小灘黑漬。

「是什麼東西一直掉下來？」他問爺爺。

「人們稱呼這些粉末為記憶。」

「噢！」

小孩打開紙卷，顏色稍微變淡了些。

「當粉末掉完的時候，我會忘記所有關於這扇窗的記憶嗎？」

「不，」爺爺替他重新捲起紙卷。

「只有不需要被記得的事才會變成粉末，真正刻印在心中的記憶是不會被遺忘的。」

「不需要被記得的事……？」

「沒有和心共振的記憶，就不會被留下來。」

「那麼……當你看見滿地黑色粉末，全都是將要逝去的記憶，會覺得遺憾、不捨嗎？」

爺爺接過小孩手上的紙卷，塞進角落那堆還沒使用過窗框旁的縫隙，看著手上的灰塵和黑色粉末，緩緩的說：

「只有輕盈的時候才能飛翔。」

小孩呆了好一會兒，他想起，他已經很久沒有在窗子裡飛翔了。

「留下來的，才是真正重要的記憶。」

從貓頭鷹樹林裡照進的陽光角度越縮越短，接近中午，房間裡變得炎熱。小孩看著唯一充滿陽光的窗，思考爺爺說的話。

小孩輕輕提起另一扇窗，以前曾經有棵楓樹在裡面。他一提起，窗框和景色立刻變成畫紙。他把畫放在地上，仔細端詳畫面裡的枯葉堆，發現當楓葉乾枯時，葉脈特別明顯、突出而扭曲，像爺爺手背上的青色血管。他伸手撫摸一片枯葉，但手指才一碰紙面到就抹糊了葉片，他吃驚的縮手，手上沾滿黑色粉末。

「爺爺……在你的房間裡，也有這麼多凝固的窗、這麼多遺忘和消逝嗎？」

「你忘記爺爺房間裡的樣子了？」

小孩一時間回答不出來，他從小住在爺爺房間，那裡是他最熟悉、最有安全感的地方，他記得房間裡的氣味，他最喜歡每天都照得到陽光的牆角，但是房間裡的細節、有幾扇窗、窗子掛在哪裡，卻不太記得。

爺爺牽起他的手說，「爺爺帶你回去看看。」

ΦΦΦΦΦ ΦΦΦΦΦ ΦΦΦΦΦ
ΦΦΦΦΦ ΦΦΦΦΦ ΦΦΦΦ

他們穿過狹窄的門來到外面，小孩看見他的房間上面已經蓋滿房間，別人的房間，像是高塔一樣層層疊疊往上延伸到視線盡頭。

「我不是才剛住進來嗎？」他想，外面的世界比窗戶裡更不真實，走過歪曲狹窄的巷弄、越過一個又一個屋頂、從傾斜倒塌的外牆攀附而下，爬過一座又一座廢建材搭成的橋。他們從中午走到黃昏，爺爺的房間蓋在建築物稀少的平地，得先走下由房間堆積而成的丘陵才會抵達。這段時間裡，他們沒有聽見任何聲音，也沒有遇到任何人。

有一個念頭閃過小孩腦裡，他問爺爺。

「窗戶城市會不會只是某一扇窗裡的景色，我們活在窗裡，看不見窗外的世界？」

「也許喔。我年輕的時候也曾經想過這個問題，可是找不到解答，也找不到尋找解答的方法。也許哪一天你會遇到來自窗外的人，告訴你窗外的祕密。」

黃昏的陽光把他們的影子拖得好長好長，長長的影子拖在身後，蓋住一小部分丘陵上的房間。

平原上，迎面而來的是一大片破敗廢墟。以前曾有數不清的房間蓋在這裡，現在只剩下少許牆體和柱子還在。爺爺的房間就在其中一堵牆後，太陽曬不到的地方。

「到了！」爺爺說「你先進去吧。」

小孩記得這扇門，卻不記得這扇門比他房間的門還要小。

他蹲著打開門，房間裡透出夕陽的金色光芒。他想起，爺爺房間裡有一面牆，從天花板到地板掛滿了窗，以前他最喜歡在黃昏時站在牆前，看著數十個不同風景裡的夕陽同時緩緩落下。他記得，有的時候很想睡，就為了等著看夕陽而硬撐到傍晚還醒著，看著夕陽讓他覺得很開心很滿足，他常常在最後一抹陽光消失時睡著，又在最後一顆星星消失時醒來。他想起，有一幅景色讓他感到特別平靜，那是大湖邊的野薑花叢，每次靠近窗框時都會聞到甜甜的花香，很舒服、讓人很安心。

小孩匍匐爬進門裡，抬頭一看，金色光芒從掛滿窗框的牆上灑落，整間房間都充滿光芒。牆上的窗框似乎和他離開前沒有太大變化，大大小小各種尺寸的窗框拼滿整座牆，連縫隙都沒有，右下角，他鍾愛的野薑花叢也沾滿金色光芒，在風中搖曳著；左上角的山脈頂端，天空被染成絢麗的橘紅，一如往常成為整片牆的焦點。

他看見在窗框和窗框之間，光芒和光芒之間，有一些不透光的空白。他以前從來沒有注意到，或者，是他離開後才出現的改變。

「那裡以前應該是窗框……？」

小孩疑惑的走上前去，在灰白色牆面上，有一些非常淺的痕跡，淺到必須把臉貼在牆上才看得見。他把臉貼著牆，看見淺淺的窗框和風景，已經辨認不出形貌，只能大致上分辨窗框線條和風景輪廓。再仔細一看，好像不只一種痕跡，是許許多多的痕跡疊成印子，印在牆上又被抹去。小孩用手觸摸那些痕跡，手指上沒有留下粉末，也許，粉末已經掉光了，也許他看見的是爺爺忘不掉的記憶。

爺爺剛剛進門，遠遠看見小孩貼在牆上，他對小孩說：

「記不記得以前你曾經問過，為什麼有一面牆沒有窗子？以前我沒有回答，現在你去牆上仔細看看就會明白為什麼。」

小孩轉頭看見那面唯一沒有窗子的牆前，牆面被夕陽渲染成金色，一整面金色的牆，看起來光滑無暇，連一道裂痕也沒有。他走近，把臉貼到牆上，然後他看見數不清的痕跡藏在牆壁的凹痕中、縫隙中。他嚇了一跳，把自己推離牆面，離開一點就什麼也看不見了，眼前依舊是光滑無暇的金色。

他靠近牆面，細微痕跡再次浮現。他看見許多窗框線條和景色的殘缺輪廓在縫隙中漂移，似乎可以看見山脈、河川、沙漠、森林、草原、丘陵、另一個長得不一樣的城市，在縫隙中出現又消失……他聽見千萬種聲音從縫隙中傳出，風聲、雨聲、雷聲、溪流聲、鳥叫聲、動物交談的語言、好多種聽不懂的語言混雜在景色聲中……充滿故事、充滿情感、充滿回憶，既微弱又嘈雜，既安靜又喧鬧……

小孩靠著牆轉身，看見爺爺靠在窗框上，金色光芒將臉的輪廓雕刻得好立體，身上還映著野薑花的影子。他從未見過爺爺如此平靜的表情，平和又安詳，嘴角掛著微微的笑。他走過去想跟爺爺說話，卻發現爺爺在夕陽裡睡著了。

THE END

第二屆・入圍
〈第四號龍〉

蕭逸清

作者簡介／蕭逸清

台灣新北市板橋區人，台北教育大學語文與創作碩士，現職國中視覺藝術老師，並從事兒童文學與輕小說寫作。

獲獎紀錄：

《李杜江湖》獲2003年行政院新聞局劇情漫畫獎、《鯨海奇航》獲第十七屆九歌現代少兒小說文建會特別獎、〈垃圾王子〉獲2009年教育部文藝創作獎教師組童話類特優、《裸足的天堂》獲新聞局優良電影劇本比賽佳作、〈汪汪星球〉獲2009年吳濁流文學獎童話類第三名、《浩瀚之錫》獲第二屆台灣角川輕小說暨插畫大賞小說類金賞、《夸弟的鼻孔》、《雲豹抱抱》入選「好書大家讀」優良少年兒童讀物。

一隻生滿酸液的核蝕蟲爬上了他的右腕，張開蛀嘴，朝著斷掉的指頭狠咬下去。

骸烈格看著這隻核蝕蟲，思索著自己還能多倒楣。

穿著活像斑馬的死囚囚衣，身材高大，戴著手鐐的男子骸烈格，背靠在一棟廢棄大樓穿堂的牆壁邊上。

他的右手三根指頭剛被連根燒斷，染血的骨頭還露在外面。除了這件微不足道的小事以外，骸烈格的眼前還有一群燒傷嚴重，瘋狂尖叫的人。

「骸！你死了嗎？還不快過來幫我！」

朝著骸烈格怒吼的麗蓓卡，是一位全身浴血的女核法騎士。

穿戴核法戰甲的她，是一位黑膚白髮的腦異人，也是這群囚犯的領導者。

麗蓓卡的戰甲破裂，腹部嚴重燒傷。她無視小腹不停滲血的傷口，喚出白核精靈，為在地上打滾哀號的幾個囚犯緊急治療。

「骸！幫我壓住他們，該死的！」

麗蓓卡的吼叫更為焦急，骸烈格卻只是想得出神。

「你聽見隊長的命令了，死囚。」

青底白瞳的異色雙眼，毫無感情地從旁邊凝視骸烈格。

雙眼的擁有者是一位身著墨綠長袍的高瘦法師，他是副隊長菌格，也是這隻由死囚組成的獵龍隊伍裡，唯一沒有受傷的人。

「死香菇，你自己為什麼不去幫她？」骸烈格瞪了回去。

菌格拉開長袍袖口，露出生滿褶皺的灰膚雙手。

「青核法師的真菌之手，碰觸染病之物會被汙染，減弱青核法能力。若是你想活著離開此地，最好別讓此事發生。」

「去你的染病之物。」

骸烈格低聲罵了幾句後，走到麗蓓卡的身邊，用手鐐替她壓住一個雙腿被燒斷的異人囚犯。麗蓓卡額頭流著冷汗，凝聚在她指尖的白核精靈散發白光，止住囚犯的傷口溢血。

「我的腳！腳啊！」

這名兇惡臉孔的囚犯，哀嚎著不停掙扎，骸烈格得用出全身的力氣才能把他的雙手壓住。忽然他發現麗蓓卡正看著自己。

「等一下我們都要死了，妳還有什麼好笑的？」

「我只是很高興又和你合作，骸。」

「去死吧，賤貨。」

骸烈格呸了一聲，把臉轉了開去。

忽然他看到有一個瘦小的白色女童身影，藏在穿堂的角落瑟縮發抖。

那是他們在路上遇到的殘人族女童。沒想到在剛才那猛烈的核焰攻擊下，這個女童還能活著。

「小鬼，妳沒事吧！」

骸烈格向殘人女童招呼，卻沒看到她有反應。她的耳膜八成被燒壞了。

忽然破舊地板上的幾條荊棘自己燃燒起來，大樓穿堂裡的溫度急劇提升，兩道金黃色的光柱，從前方大門口掃過。

菌格法師的雙手伸出，無數白色菌絲從他的指尖飛出，向著大樓外面延伸過去。骸烈格知道菌格正透過青核法術，偵測敵人的位置。

「祈禱你能活過下一次呼吸，死囚。」

菌格轉過頭來，青白雙眼看著骸烈格。

「核魔龍追來了。」

01

「忌穢之毒魔」。

骸烈格所在的「白皇蕈國」，如此稱呼核魔龍。

佔有東方蕈界大半蕈地的白皇蕈國，擁有豐美的天泉與肥沃的蕈褶美田，在長壽睿智的皇帝「白皇」領導下，成為各大蕈國裡最為富裕的國度。

但也因為其富裕，覬覦白皇蕈國領土的野心國家不計其數，其中又以西方大國，崇拜核魔龍為聖獸的「黑皇蕈國」活動最為積極。

白皇蕈國與黑皇蕈國中間地帶存在數個弱小蕈國，因為兩大國間的明爭暗鬥，長年陷於糾紛戰亂。兩大國暗中僱用核法傭兵部隊，在小國的村落與小城間進行血腥奪權鬥爭。

某一個小蕈國的重刑犯監獄，正被肅殺緊張的氣氛籠罩著。

十幾名被判處死刑的職業傭兵，手腳戴著鐐銬，被帶到監獄中央的處刑廣場，用鐵鍊牢牢的綁在木樁上。

「都被關了一個月才執刑，這裡的效率也太差了吧。」被綁在木樁上的腿異人強格笑道。

蕈土的居民有半數是「異人」，為古世界人類的變種後代。他們的身體有某些器官異常發達，故被稱為異人。

腿異人死囚的雙腿足有常人的三倍粗，腿力則有十倍之強。像這樣具有戰鬥方面優勢的異人，常被蕈國徵兵成為戰士。

「早知道都要被處死，應該要先強姦幾個村女才夠本。」

強格身旁的木樁上，雙臂像水桶般粗壯的臂異人馬克大笑：

「那時你幹嘛要阻止我啊，骸烈格老大？」

馬克另一邊的木樁，特別粗的鐵鍊捆著囚衣破爛，身材高壯的骯烈格。

亂髮披肩的骸烈格用雙臂繃了繃鐵鍊，齜牙笑道：

「早知道都要被處死，我應該先強姦你才夠本，馬克。」

「操你的！」馬克大笑。

被帶來此處處刑的囚犯，都是一些滿手血腥的沙場老兵。
他們面對處刑場放置的各種拷打與斬首刑具，依然面不改色。
骸烈格是這群傭兵的帶頭隊長。原來只會燒殺擄掠的這群傭兵，在骸烈格的鐵腕約束下勉強收斂，變成協助平民對抗貪污政府軍的護民派傭兵。
後來他們被政府軍派出的青核法師設下陷阱抓住，轉送到這重刑犯監獄。
「我賭是絞刑！」
「電椅啦！」
「要砍頭啦，你看那斷頭台都準備好了！」
綁在木樁上的死囚們對殺死自己的方法打起賭來，賭注是輸的人要撐久一點再死，讓其他人享受一下他的死相。
「很遺憾，這裡的處刑方式可沒有那麼仁慈。」
一個冰冷的青年男子聲音，從處刑室的石板地上響起。
不管看過幾次，骸烈格還是不能習慣蕈人族法師的出現方法。
一片扁平的菌絲倏然從地板上鼓起，宛如氣球充氣般迅速漲大，變成一位身穿青袍的年輕男子。法師的膚色是蕈人特有的灰白，削瘦臉孔十分俊美。
「來這裡嘲笑你的俘虜嗎？死蘑菇。」骸烈格咧開臭嘴，與青袍法師的青白雙眼對望。
「宮庭法師等級的青核法師，竟然會聽這鳥國的命令捉住我們，你這修士收了多少錢啊？」

蕈國的世界空氣裡，充滿了許多肉眼看不見的「核微精」。將核微精以咒文術式或精靈呼喚的方式加以操縱，引發奇蹟的能力被稱為「核法」。專門修練核法的人，被稱為「核法師」。

核法依據驅使核微精的方式，又分為白核法、青核法以及禁忌的黑核法。白核法最為普及，被廣泛地使用在建造都市，製造飲水等地方。青核法需要高深的智慧與清明的心性，通常都是年長的修士才能習得。

「一切都奉吾皇的指示，死囚。」

青核法師冰冷地說。

「吾皇？」骸烈格訝異地看著法師的灰白俊臉。

「你真的是宮廷法師？」

「菌格是直屬吾皇的優秀法師。」

清脆響亮的年輕女子聲音，在處刑場的大門口響起。一位披著雪白核法戰甲，腰掛西洋刺劍，戴著頭盔的女騎士走了進來。

「吾皇萬歲！是個白皇騎士！」

馬克大聲吹了個口哨，這位女騎士身上的核法戰甲，代表白皇蕈國軍隊的最高位階——白皇騎士團。

「妳是來給我們皇恩大赦，還是來舔老子屁眼……呃！」

馬克的話還沒說完，就被自己鼻子流下的血給嗆到。

他的鼻尖不知什麼時候被切下來，掛在女騎士的西洋劍劍尖上。

「操……操妳的……」

「歡迎再對我說這種髒話，我會很樂意把你的舌頭也割了。」

女騎士一甩劍尖，脫下頭盔，露出美艷俏麗的黑膚臉龐，以及一頭披灑及腰的雪白秀髮。她的種族是腦異人，是最能操縱核法的高等貴族。

「各位將要變成屍體的紳士們，我是蓓麗卡，白皇陛下直屬的白皇騎士分隊長。」

見到女騎士的臉孔，骸烈格被綁緊在木樁上的身軀震了一下。

「承蒙陛下聖恩，我們要給你們這些無惡不作的傢伙，提供變成屍體過程的不同選擇。」

「嘿！有沒有不變成屍體的選擇？」強格大叫。

「每個人總有一天會變成屍體。」

蓓麗卡把西洋劍插在地上，雙眼掃過眾死囚。

「不過我能提供給你們，最為糟糕的一種方式。」

02

「到毒宙界獵殺核魔龍？」

骸烈格與其他戴著手鐐的囚犯，攀爬在如巨柱般的蕈柄皺褶上，看著下方毒宙界瀰漫的黑霧。

「我們一定是瘋了，才會被那女人騙到這裡來。」骸烈格喃喃地說。

蓓麗卡對骸烈格與囚犯提出的要求，是世界上最艱難的任務。

白皇蕈國的創始神話，在蕈國建立前的數千年前，有一個神奇的大核法時代。異人的始祖「人類」發明許多強大的「科學核法」，他們能驅使噴著火的列車，坐在鳥的上面飛行，還建立了通到雲裡的高塔與大城市。

為了得到無窮盡的強大能量，人類用科學核法創造了許多隻「核魔龍」，藉著牠們強大的能量維持世界核法的運作。

但是核魔龍的能量太過強大，某次偶然的失控讓核魔龍暴走，核法轉換成可怕的猛毒，摧毀了整個世界，把舊世界化成核微精的毒宙界。

拯救世界的是「蕈類」，蕈類對於核微精適應力極強，在大部分動物與植物皆被毀滅的毒宙界世界裡成長進化，演化出生命形態擬似人類的「蕈人」，這個主宰世界的新種族。

蕈人具有香菇蕈類的身體特徵，又有人類的頭腦智慧。為了取得生存空間，蕈族核法師研究出吸收核微精成長的巨大白蕈。

無數朵巨大白蕈從汙染大地上生長升起，一層層龐大的蕈帽在高空交疊，形成了空中的新陸地，將汙染大地與山脈覆蓋住，成為新的清淨世界。

人類倖存的後代異人，在蕈人的協助下共同移民到高空的巨蕈大陸上，與蕈人建立各大蕈國。下方原來的汙染大地則被稱為毒宙界，禁止上方居民進入。

蓓麗卡對傭兵囚犯提出的要求，是要他們組成一支探險隊，去下方的毒宙界尋找傳說中毀滅世界的核魔龍，並加以獵殺。

「這裡有個平台，讓大伙喘口氣吧！」腿異人強格大喊。

沿著巨蕈的蕈柄向下攀爬的囚犯們，來到一處寬大的菌褶平台上。囚犯紛紛喘息著坐倒，手腳的鐐銬發出刺耳的敲擊聲。

白皇騎士蓓麗卡，騎著一匹白翅蕈馬降落在平台上。鼻頭包紮紗布的馬克，對著她大喊：

「賤女人！把老子這該死的手鐐解開！」

「對呀，連衣服和武器都不給我們，就這樣把我們從監獄帶到這鬼地方，有這種探險隊的嗎？」強格也站起來抱怨。

「稱呼她隊長，死囚。」

青袍法師菌格如鬼魅般從平台菌褶上浮現，冷眼看著眾人。

「你們爬得挺快，休息的速度更快，我看不出有什麼解開刑具的必要。」蓓麗卡聳了聳肩。

「我答應過你們，如果能殺死核魔龍，就讓你們恢復自由。和那相比，這一點不方便，就自己適應吧。」

「你們聽見她的話了，死囚。」

看到青袍法師舉起右手，馬克和強格後退幾步，咒罵著坐了下來。

「以後我一定要操死那個女人。」馬克憤恨地說。

「那你要小心，不要有別的地方被割掉啊？」強格乾笑幾聲，看著坐在背後的骸烈格。

「嘿，骸烈格，你認識那個白皇騎士？」

「你怎麼會覺得我認識她？」

骸烈格皺著眉頭站了起來。

「你看那兇女人的眼神，不像是第一次見面。」強格說。

「如果我說她是我老婆，你說怎麼樣？」骸烈格呸了一聲。

「那你褲檔裡的東西，八成已經被割掉啦！」馬克大笑。

骸烈格踹了馬克一腳，搖搖晃晃地向蓓麗卡與菌格走去。

正在為白翅蕈馬餵食草菇的蓓麗卡，回頭看著他。

「終於想到要來找我說話了，骸烈格？」

「我沒什麼要和妳說的，賤貨。」

「叫她隊長，死囚。」

菌格朝著骸烈格舉起右手，蓓麗卡阻止了他。

「都過了這麼多年，你還是不願意與我說話？」

骸烈格沒有理會蓓麗卡，對著菌格低聲說道：

「我們已經被盯上了。」

「被什麼盯上？」蓓麗卡問。

「該死的『殘人族』，這一區下面是他們的地盤。」
骸烈格指著下方蕈柄根部，籠罩著黑色毒霧的森林裡，閃爍著幾點亮光。
「那是他們的望遠鏡光芒。」
「骸烈格，殘人族是什麼？」其他的死囚也都圍了過來。
死囚傭兵的見聞都很豐富，但是對於被絕對禁止進入的毒宙界，也是一無所知。
「殘人族是崇拜核魔龍的古人類後裔，靠操縱稀奇古怪的怪物過日子。至於殘人族的外表……相信我，你們絕對不會想見到他們。」
骸烈格看著下方的毒霧森林。
「如果還要命的話，我們最好早點從這種顯眼的地方下去。青袍法師，你應該有準備道具吧？」
「隊長？」
菌格看著蓓麗卡，女騎士點頭說道：
「骸烈格是白皇蕈國唯一曾經深入毒宙界，還能回來的人。」
青袍法師面無表情地頷首，從長袍中取出了十幾片綠色口罩，交給囚犯。
「施行青核法的菌絲口罩，把口鼻都罩住。」
「年輕的香菇法師，希望你的法術靈光。」骸烈格率先戴上口罩。
「聞起來像發霉的牛屎，誰要戴這噁心的玩意？」馬克罵了一聲，忽然一條張開利齒大嘴的巨大飛天蜈蚣，從他的眼前冒了出來。

「什麼怪物！」馬克大聲尖叫時，被骸烈格給向後拉倒。

飛天蜈蚣嘶吼著正要噴出黑霧毒氣，銀光閃過，蓓麗卡的刺劍將比人還長的蜈蚣從嘴巴斬成兩截。

「如果不想把被毒燒爛的肺咳出來，你們操他的最好戴上口罩。」

骸烈格看著從下方毒霧中陸續飛出，足足有上百頭的飛天毒獸。

「我們得直接向下跳啦。」

03

初春的蕈絲孢子恍如雪花，飄落在童話般的蘑菇都市屋頂上。

清澈的高空天泉依著白核法動力裝置的引導，流過蘑菇都市的水流管，為每一戶帶來新鮮的泉水。

都市東區有一條店面裝飾華麗的商店街，異人與蕈人在商店街上漫步購物，一派悠閒的假日早晨模樣。

一名異人青年躺在商店街邊的長椅上，皮帽蓋著臉孔，正在呼呼大睡。

忽然青年的帽子被掀開，一位黑膚白髮，臉龐俏麗的短裙少女，對著他的耳朵大喊：

「骸烈格隊長！起床了！」

「……蓓麗卡？」

骸烈格昏沉地睜開雙眼，看著眼前穿著薄衫短裙的蓓麗卡。

「我剛才好像作了個夢，在黑色的霧氣裡，有一堆怪物衝了出來……」

「隊長你是不是睡昏頭了？」

「別叫我隊長了，實習騎士小姐。」骸烈格坐了起來，看著飄散孢子的商店街道。

「高貴的白皇騎士團分隊長，竟然在路邊呼呼大睡，要是傳到白皇陛下的耳中，可不先扣你半年份的薪水。」

蓓麗卡微笑著坐到骸烈格的身旁。

「我都失業了，還說什麼白皇騎士。」

「你只是因為要去執行祕密軍務，暫時離職。好啦，我們快去逛街吧。為了今天約會，我還特別打扮了一下。」

看著蓓麗卡與平常騎士軍裝不同的俏麗裝扮，骸烈格想到的卻是他被交付的祕密任務。他必須以間諜的身分潛入白皇蕈國的死對頭——黑皇蕈國，竊取對方有關核魔龍的機密資料與設備。

與將核魔龍視為邪神禁忌的白皇蕈國不同，黑皇蕈國把核魔龍當真神一般崇拜。傳聞他們多次派出部隊前往毒宙界搜尋，希望能取得核魔龍的強大能力。

（核魔龍是極惡之物，絕對不能讓敵國得手利用。你的任務非常危險，但是對蕈國的安危至關重要。）

白皇親口交付重大使命，骸烈格自然凜然遵從。從孤兒院出身的他，並沒有什麼親人。唯一讓他放心不下的，就是交往數年的騎士女友蓓麗卡。

白皇曾經詢問他，要不要讓蓓麗卡成為他的搭檔同去，骸烈格拒絕了。

蓓麗卡是蕈國名門貴族的獨生女，具有非常優異的騎士資質。這麼危險的任務，不能讓前程似錦的她冒險。

「骸，你在想什麼？」

聽到女友在耳邊的呼喚，坐在長椅上的骸烈格抬起頭來：

「蓓麗卡，妳知道我一直以來的心願？」

「趕快退役，領退休金整天在家裡睡懶覺。我聽得耳朵都快長繭啦。」

骸烈格笑著把少女拉進懷中。

「我還想生一堆吵死人的小孩，吵得我連睡都睡不著。不過我一個人沒辦法生哦？」

蓓麗卡先是一呆，接著雙頰泛紅。

「傻瓜，你這是在向我求婚嗎？」

「我們先訂婚，等我回來，馬上就去辦結婚儀式。」

「嗯……」

青年熱烈地吻著少女櫻唇，吻得太過激情的他們，不小心從長椅摔了下來。骸烈格頭腦劇疼，感覺到有東西在搔著他的腦門。

「呃——！」

骸烈格睜開眼睛，一頭像變種蚱蜢般的綠皮怪蟲，在他眼前伸出尖銳的口器。他的身子反射地彈了起來，一腳把那怪蟲狠狠踢開。

「老大，你可終於醒過來啦！」

身邊戴著菌絲口罩的強格，揮舞他粗如水桶的大手臂，對抗在黑霧森林裡朝著他們撲過來的怪物。

骸烈格看到蓓麗卡、菌格與其他十幾名死囚傭兵圍成圈子保護自己，奮力與外圍的怪物搏鬥。眾人都是老練的戰士，沒有輕易被怪物擊敗。

「我摔昏了？」骸烈格問。

他們剛才在骸烈格的指示下，從蕈柄平台下跳到了一處懸滿樹藤的森林。眾人被樹藤接住落勢，幾乎沒有受傷。

「你不走運，後腦摔在一顆大石頭上。」強格說。

「死囚，要不是我們需要你帶路，早讓你去餵怪物了。」

前方的菌格冷冷地說，手上青核法的光芒不停發出。黑霧森林的視線昏暗，必須有熟悉環境的人帶路。

「這些怪物是殘人族引來的，我們必須先逃離他們！」

骸烈格推開樹叢，帶頭向黑霧裡奔去，其他人跟在他的後面。

「老大，你剛才睡了那麼久，是不是作了什麼好夢啊？」

強格邊跑邊氣喘地問，骸烈格轉頭看了跑在身後的蓓麗卡一眼。為了不讓白翅蕈馬遭受飛行怪物攻擊，蓓麗卡已讓蕈馬自行飛回蕈上世界。

黑膚女騎士正乾淨俐落地砍翻一頭多足怪物，身上的白核戰甲連一絲灰塵都沒有沾上。

「只是個天真到想吐的夢罷了。」

04

菌格無法理解，這一次任務的意義是什麼。

在童年時期就展露高超的核法天賦，迅速晉升為最高階法師的菌格，是蕈族所有修行者的驕傲。他也一直以研究核法與世界的真義為人生目標。

即使是被派任為宮廷法師，菌格也無意於爭權鬥利，只要有一處清幽潮溼的水室給他冥想，他便能心滿意足。

但是其他的宮廷法師卻視菌格為眼中釘，總有人想尋找他的破綻，將他鬥倒。

菌格雖然無懼陰謀，但也感到困擾。

（根據密報，黑皇蕈國將要強奪我國下方毒宙界的核魔龍，絕對不能讓他們的奸計得逞。）

（獵殺核魔龍的任務，只有你與蓓麗卡能勝任。）

白皇親自交付的這次任務，菌格無法拒絕。

但若這次任務真如白皇所說重要，怎麼會只派他和蓓麗卡兩人前來執行？更別提還得驅使一批低賤下流的死囚同行。是不是白皇被其他法師所矇騙？

蓓麗卡是他特別敬重的白皇騎士長，除了尊敬她強大的白核法實力以外，這位美麗女子的性格獨具魅力，也是唯一能讓他心動的女性。

無論此次任務多麼艱鉅，菌格決定都要護得蓓麗卡周全。蕈人與異人結為夫妻的例子並不多，但若是他能完成任務，得到首席大法師的地位，相信無人能再有異議。

「青袍法師，你的照明變暗了！」

骸烈格粗魯的吼叫聲，打斷了菌格的思緒。

他皺起眉頭，增強了飄浮在眾人身旁的青核精靈的光芒。

在經過數小時在黑霧森林的急奔後，眾人脫離了畸形怪物的包圍網。脫逃的過程中他們可以看到赤裸身軀，五官扭曲，全身塗滿怪異咒文的殘人族坐在怪物背上，用口笛指揮怪物向他們攻擊。骸烈格要眾人別去理會殘人族，只是先向外奔逃。

與享有和煦陽光與純淨天泉的蕈上世界不同，毒宙界的森林裡處處都是毒霧，樹木扭曲變形，四處生滿荊棘毒刺，意圖吞噬這群莫名闖入的人形生物。

「士兵，你們的腳步慢了！」

菌格看著骸烈格怒吼著驅趕死囚，帶領眾人避開許多殘人族設下的陷阱，在森林裡艱苦邁進。

這個男人究竟是在何時來過毒宙界的？白皇蕈國絕對禁止國民從邊境深谷進入毒宙界。據他所知世上只有黑皇蕈國有進入毒宙界的紀錄。

菌格知道蓓麗卡在過去與骸烈格的關係匪淺，他長袍子袖子裡的真菌之手不覺握緊。如果真有需要，他有許多青核法等著拿那個男人來試驗。

「到了……這裡可以讓你們的腳歇一歇。」

走在最前方的骸烈格繞過最後幾處樹叢，把眾人帶到一處比較開闊的破碎坑地。

「操他的，戴著手鐐腳鐐和怪物打架又要跑路，百里行軍都沒這麼累。」

腿異人馬克囚衣上滿是獸血與自己的血，喘息著坐了下來。

「喂！強格，幫我看看我的腦袋還在不在脖子上。」

「嘿！我還是第一次聽說你有腦袋！」

強格嘿嘿一笑，與其他的囚犯坐下歇息，粗聲談笑。

被殘人族的變種怪物圍攻，死囚裡竟然沒有出現重傷者與死者，菌格即使厭惡這幫粗俗骯髒的傢伙，也不得不承認他們的強悍。

「前面是……一個廢城？」

蓓麗卡走到在前方偵察的骸烈格身旁。在他們頭頂是一片黑壓壓的濃霧，昏暗的視野前方，有著一座纏繞著荊棘與黑霧的廢墟城市。

骸烈格沒有理會蓓麗卡，只是向前走去。

「骸，你想這麼不理我，一直到最後？」

女騎士追了上去。

「我們真的需要好好談談。」

手鐐的鍊條發出刺耳的響聲，骸烈格轉過身，惡狠狠地瞪著她。

「在我扭斷妳脖子之前離我遠點，賤貨。」

「很好，這是你自找的。」

蓓麗卡倏地右手一扯，左腳橫掃，骸烈格高大的身軀被女騎士瞬間摔倒在地上。

「賤貨，妳……！」

銳利的西洋刺劍擦過骸烈格的雙腳之間，插在他的褲檔下方地上。白色核法光芒從劍身發出，蓓麗卡口罩上的雙眼帶著笑意。

「搞清楚現在誰才是老大，沒老二的男人。」

滋——滋滋！

白色電擊從劍身發出，將骸烈格電得全身痙攣，按著褲檔在地上左右翻滾。

「嘿，你不是說他們兩個認識？」馬克看著在地上打滾的骸烈格。

「我想她的確是他的老婆。」強格大笑。

05

「多麼先進的核法文明……」走在黑霧裡的廢墟街道上，蓓麗卡感嘆著。

廢都裡有許多外壁崩毀，纏繞荊棘的高樓，最高的一棟竹節形大樓，足有上百層之高。廢棄大樓之間的灰色高橋上，停著數節外殼舊損的金屬載客車廂。

從路邊掉落鏽蝕，幾乎難以辨識的路牌來看，此處似乎是被稱為「台北」的城市。

「從這座城市看來，我白皇蕇國的核法與極古世代的科學核法相比，還有相當遙遠的差距。」

蓓麗卡身旁的菌格法師，青白雙瞳掃過眼前的廣大都市。即使是最先進的蕇國首都，也未能蓋過超過十層的樓房。

「從前的大核法師『人類』，就是靠著核魔龍來運作這座城市。核魔龍的力量真是太偉大了。」蓓麗卡問。

「若是能抓住核魔龍，分析出牠體內能量運轉的原理，我蕇國的各種核法必能得到莫大的進步。」菌格說。

「研究核魔龍？」與其他囚犯走在兩人後面的骸烈格大笑。

「沒想到我們偉大的宮廷法師綠蘑菇，也有這種犯禁的想法？」

白皇蕈國視核魔龍為邪惡至極的惡魔，與核魔龍有所關係的事物皆被視為最大禁忌，必須立即毀滅。

「喂，白皇騎士，還不把這違反蕈國法的綠蘑菇拘捕起來？」

「死囚，你說什麼？」

被骸烈格以言相刺，青袍法師指尖微微顫動。

「少說廢話，骸烈格。真要講蕈國法，你早就該被我給殺個幾百遍了。」蓓麗卡看著街道的深處。

「這個廢都裡，為什麼沒有殘族人？」

「因為他們都很聰明……喂，強格！」

骸烈格對走近旁邊巷道的灌木叢，還想伸手去摸的死囚強格大喊：

「不要靠近那些該死的植物，除非你以後都想包尿布過日子！」

「你這話是什麼意思？」蓓麗卡問。青袍法師走到灌木叢前，舉起右手隔空探測後，冷冷地說：

「是『核魔龍病』。」

傳說核魔龍為至毒之物，凡是牠龍翼拍打所經之處，都會落下劇毒粉塵，深入土地，數百年也不會散去。吸到粉塵的人都會罹患可怕的『核魔龍病』。

「內臟出血、骨髓變質、頭髮掉光。」骸烈格懶洋洋地說。

「核魔龍病人連生出來的小孩都是操他的畸形，把這該死的病遺傳給下一代。」

「操！」強格大罵一聲，遠離灌木叢。

「既然有核魔龍之毒，莫非這座都市是牠的棲息地？」菌格說。

「賓果，法師。」

骸烈格指著廢棄都市街上昏暗的陰影。

「這個區域就是核魔龍的巢穴，殘人族不敢進來。就算他們再怎麼崇拜核魔龍，也沒有人能承受核魔龍病的摧殘。」

聽到這裡是核魔龍的巢穴，所有的人都緊張起來。

「骸烈格，你有核魔龍的知識，告訴我們要怎麼對付牠。」蓓麗卡說。

「賤貨，這種玩笑不好笑。」骸烈格呸了一聲。

「我有關核魔龍的重要記憶幾乎都被取走，妳不是最清楚的？」

「嘿！你們看那邊！」

強格指著前方街角，在廢棄樓房之間的巷弄間，一個瘦小的白影一閃而過。

「抓住那個人！」

蓓麗卡下令，眾人迅速分散開來，在巷子間四處搜尋。

「還跑？」骸烈格走到某個轉角，向腳邊的黑影中一撈，抓起一個白色小身影。蓓麗卡跑到他的身旁，皺起眉頭：

「那裡來的小女孩？」

被抓住的小女孩沒有穿衣服，一條條骯髒的灰白布條，把她的臉孔與身體手腳都全部纏住。呆滯的女童雙眼，從白布縫裡看著他們。

「這裡是核魔龍的巢穴，她怎麼會在這裡？」蓓麗卡問。

「可能是殘人族的小孩，她迷路了。」骸烈格說。

「也有可能是一個陷阱。」菌格冷冷地走到被骸烈格抓住的女孩面前，用幾種話言詢問她的身分。但是女孩的表情呆滯，一句話也回答不出來。

「也許她是個啞巴，或是聾子。」青袍法師放棄詢問，死囚馬克走向前來，醜臉猙獰地笑著：「嘿嘿，把這雛鳥交給老子，我有很多的『方法』可以讓她開口。」

「死變態，你給我離她遠點……嘿！」

趁骸烈格一不注意，馬克已經把小女孩拉了過去。蓓麗卡右手握住劍柄：「警告你，馬上放開她！」

「操——這是什麼醜死人的怪物！」

馬克突然怪叫一聲，從女孩身邊跳了開去。小女孩臉上的白布被扯開，露出一張腐爛得血肉模糊的可怕小臉，把所有人都嚇了一跳。

「是核魔龍病……而且是末期。」

骸烈格咬牙看著女孩充滿血絲的雙眼，腐壞的五官與皮膚。

「我應該能幫她治療。」蓓麗卡走到小女孩面前，右手發出白光，試圖詠唱治癒咒法。

「黑皇蕈國的術士試過很多次，沒有用的。」骸烈格將蓓麗卡的手拉開。

「核魔龍病是過於強烈的核微精腐蝕身體造成的，用核法治療只會把她害得更慘。」

「咿……啊啊……」

被眾人看到自己腐爛的臉孔，小女孩好像很難受，她掙扎著想把白布包回去，卻露出削瘦小手上的爛肉。

「偉大的騎士與法師，你們給我看清楚了。」

骸烈格用殘人語在小女孩耳邊說了幾句話，盡量不弄疼她，輕輕地將白布纏回去。

「白皇要你們來尋找的核魔龍，就是這樣的怪物。」

06

白皇蕈國首都中心，聳立著一座由巨大蕈柄為樑柱，蕈褶為外壁，蕈帽為圓頂的白蕈皇宮。

這座蕈國最高的雄偉宮殿，象徵白皇在蕈國的無上權威。

氣勢恢宏的皇宮正殿背後，是白皇平常召集心腹騎士與法師，商討國家機密的隱密後殿。

後殿的華麗茵毯上，白皇騎士分隊長蓓麗卡單膝跪地，肩膀顫抖著說：

「陛下您是說，骸烈格他回到蕈國了？」

「那個男人……確實回來了。」

坐在高背皇椅上，皇冠高戴，長鬚及地的白皇大帝，蒼老威嚴的臉孔上神色複雜。

統治蕈國超過一百年的白皇，是國民心中的偉大領袖。白皇百年間率領國民擴張建設蕈國，讓國民享受各國中最為富裕豐足的生活。

「骸烈格是朕最優秀的騎士，四年前他背負叛國者的汙名逃奔黑皇蕈國，成為最重要的間諜。」

白皇撫鬚說道：

「這四年間骸烈格送回的核魔龍情報非常珍貴，他也參與了黑皇蕈國的捕捉核魔龍任務。前不久他的間諜身分被敵國識破，九死一生地逃回我國，帶回了許多重要機密資料。」

「那……真是太好了！」

聽到骸烈格成功逃回國內，蓓麗卡禁不住喜形於色。

四年前兩人私下訂婚後，骸烈格便前往敵國。為了要不輸給在敵國冒險的他，蓓麗卡也完成了許多作戰任務，成為白皇騎士分隊長。

骸烈格在黑皇蕈國任職，成為有名的核法戰士，並參加過他們的毒宙界任務。雖然骸烈格在國內是萬人唾罵的叛國賊，但是蓓麗卡一直相信，未婚夫總有回國洗雪汙名的一天，這也是白皇對他們的承諾。

「蓓麗卡。」

現在應該是實現她長久願望的日子，但是白皇沉重的呼喚聲，卻讓她心頭一震。

「朕恐怕得交給妳一個任務。」

Σ

深夜雲層透出的月光，映射在高低起伏的白蕈皇宮建築圓頂上。

白蕈皇宮某一深處的宮殿院區，是宮殿核法師的研究院。青核法師與白核法師分屬不同密院，其中一區戒備最森嚴的，是軍事核法研究院。

一道削瘦的男子黑影，從軍事核法研究院的後牆陰影下穿出。男子的手上提著一只蕈革皮箱。

「到此為止了，前騎士隊長骸烈格！」

清亮的女騎士叫喊聲，止住了黑影男子的腳步。十幾名手持巨劍，全副重裝甲武裝的白皇騎士從前後廊柱後走出，將男子包圍在宮殿走廊上。

在心中想像了無數次的重逢場面，想過好多想說的第一句話，率領騎士團的女騎士蓓麗卡，對眼前男子脫口而出的卻是：

「骸烈格，你深夜擅闖核法研究院，偷走了什麼東西？」

「……」

黑衣男子轉過身來，伸身拉下蒙面黑布，蓓麗卡的心中一緊。

削瘦磨損如骷髏般的淒慘臉孔，冰冷無情的陰寒雙瞳，這真的是她認識的那位嘴巴很壞很賤，笑容卻如陽光般和煦的未婚夫骸烈格嗎？

「陛下發現了你要背叛我國，將軍事機密竊取給黑皇蕈國的陰謀，吩咐我們在此等待！」蓓麗卡喝道：

「如果你是清白的，現在就打開你的皮箱！」

眼看骸烈格一直沒有回答，蓓麗卡拔出腰間西洋刺劍。

「再不服從指示，本騎士團就要用武力將你擒拿！」

「蓓麗卡……」

男子瞬間閃過的溫柔眼神，讓蓓麗卡心頭一跳。接著他的眼神又變得冷硬。

「我們結束了。」

「骸烈格？」

轟隆——！

震耳欲聾的爆炸聲從骸烈格背後建築爆出，重重烈焰與強勁爆風，將軍事核法研究院院區吞噬其中。

其他白皇騎士被爆炸所震驚時，蓓麗卡敏銳地揮劍擊出，在滿天焰塵中擋住藉機遁逃的骸烈格。

「休想逃跑！你這個叛賊，研究院是你炸毀的？」

「不要擋住我，賤貨。」

骸烈格用鋼鐵般堅硬的十根手指，揮舞擋住蓓麗卡的刺劍攻擊，女騎士憤怒大吼：

「骸烈格，你叫我什麼？」

「白皇告訴我，妳已經接受別的男人求婚，是不是啊？」

「我……你在說什麼？」

「算妳聰明，賤貨。」骸烈格奸笑一聲，

「反正我在黑皇蕈國也有了比妳更好的女人。如果妳還在死守那幼稚的婚約，我可更瞧不起妳啦。」

「你——！」

蓓麗卡怒吼著揮舞刺劍，劍身爆出耀眼的白核法光芒，牆壁與樑柱如豆腐般被激射的劍光切割分解。

骸烈格被白核法攻擊逼向走廊牆角，忽然一道低沉的吼聲，伴隨著驚人的劍勢從他背後的牆壁爆出：

「白核——裂擊！」

「哼！」

骸烈格狼狽地向旁邊打滾，避開從背後襲來的粉碎厚牆巨劍攻勢。

數名手持巨劍的白皇騎士從斬碎的牆後走出：

「骸烈格前隊長，得罪了。」

白皇騎士是蕈國的最強騎士，每一位騎士的核法劍術戰力，都足以匹敵一個正規軍團。被十幾位散發強烈殺氣的白皇騎士團團包圍，骸烈格已經陷入絕境。幾位青袍宮廷法師如鬼魅般骸烈格從周圍地板上浮出，更是斷絕了他的所有去路。

「騎士團不殺手無寸鐵之人，你的核法劍還不快拔出來！」蓓麗卡大喊。

蕈國中每一位騎士都擁有核法劍，骸烈格從前更是白核法劍的絕頂高手。

聽到蓓麗卡的喊聲，其他騎士都吃了一驚。骸烈格的回答，更是出乎眾人意料：

「核法劍那種沒用的廢物，我早就折斷啦。白核精靈也都跑光了。」

白核精靈是由與主人親善的鬼魂，如親人、寵物的鬼魂經核法祝福而成。只有人格變得邪惡，犯下大罪的主人，白核精靈才會離他而去。

蓓麗卡很清楚骸烈格以前的白核精靈有多強大，他到底犯了什麼逆天大罪，才會讓精靈離他遠去？

「骸！你怎麼會……」

「少說廢話，賤貨。我不需要妳替我拖延時間。」

骸烈格雙手伸出，堅硬如鐵的骨骼從十根手指刺出，化為十支尖銳骨劍。他在異人中屬於「骨異人」，可以將骨骼異化伸出體外，當成武器來使用。

雖然是罕見的特殊攻擊能力，但是在手握核法巨劍的白皇騎士眼中，不過是雕蟲小技。

蓓麗卡握劍的指節咯咯作響，舉劍指著骸烈格，憤然喊道：

「騎士團聽命，全力逮捕叛賊！若有反抗，格殺勿論！」

Σ

豆大的雨點在寒夜中不停灑落，擊打著白皇輋國邊境的荒涼平原。一座載運灰色木棺的輋馬馬車，駕進了邊境的通行關口內。

躺在馬車木棺裡的重傷男子，緩緩撐起高大削瘦的身子，接受關口哨所衛兵的檢查。男人衣著破爛，臉孔血污紅腫，全身上下有許多被嚴刑拷打的傷口，簡直沒有一塊皮膚是完整的。

驗明男人身分後，衛兵將木棺砍破，像徵這個被放逐者已經死去。

傾盆大雨中，男人一瘸一拐的向著關外走去時，一個灰衣人擋在他的面前。

穿著斗篷的灰衣人揭下頭套，露出雪白如銀綢的長髮，美麗卻憂鬱的黑膚臉龐。

「骸……你就這樣子接受被放逐？」

蓓麗卡想握住骸烈格的手，卻被男子猛然甩開。

在軍事核法研究院外被擒住後，骸烈格被祕密法庭以叛國罪判處梟首極刑。蓓麗卡與幾位他的騎士舊友不顧被株連的危險，極力為他求情。

慈悲的白皇以骸烈格從前的功勞赦免其死罪，但是必須接受核法洗腦除去所有機密記憶，廢去核法能力，終生放逐國外，永遠不得回到蕈國。

「為什麼你一句話都不替自己辯護！我相信你不是會背叛國家的人，這背後一定有什麼原因！」

蓓麗卡被雨淋溼的臉孔靠近骸烈格，幾近懇求地說：

「是黑皇蕈國威脅你？還是毒宙界的劇毒讓你發瘋了？這裡沒有別人，你可以把苦衷說給我聽，靠著我的家族實力，可以再去求白皇恢復你的名譽……」

「我沒有話對妳說！」

男子突然伸手抓起蓓麗卡的衣領，惡狠狠地瞪著她。

「妳敢再出現在我面前，我就扭斷妳的脖子，賤貨！」

「你……」

骸烈格放開蓓麗卡的衣領，一瘸一拐的從她身邊走過。

「骸！最起碼……讓我替你治傷！」

男子的腳步沒有停下。

「我們就這樣永別了嗎！你對我許下的誓言呢？我們不是要有個家，要生好幾個小孩嗎！」

骸烈格沒有回頭，只是抬起右手，比了個最下流的罵人手勢。

「骸烈格！你這該死的混蛋！就這麼死在路邊好了！」

「該死的……混蛋！」
「混……蛋……」
滂沱大雨之中，蓓麗卡的叫聲連自己都聽不見，臉龐流下的不知是雨水還是淚水。
重傷男子艱難前行的背影，逐漸消失在邊境的荒地雨夜裡。

07

籠罩在濃厚黑霧裡的廢棄都市街道上，骸烈格領著蓓麗卡、菌格與其他囚犯小心前進。經過半天的埋伏潛行，他們在都市的深處巷弄間休息。
青袍法師菌格伸出長袍內的灰白真菌之手，放在殘人族小女孩腐爛的皮膚上方。點點綠色的孢子從手掌散出，落在她的傷口。
「這不是驅使核微精的核法治療，而是利用真菌之手散發蕈微菌，來吸收她傷口的核毒素，轉化為光能。」菌格說。
綠色孢子在傷口上散發白光，讓小女孩痛苦呆滯的表情稍微緩和。
「沒想到你這自傲的臭香菇，也會替殘人族治傷？」骸烈格說。
「蕈人是理性、高貴而慈悲的修行者，可不像繼承遠祖人類罪惡血液的異人，那般的野蠻無知。」

「你白生了一副像人的俊臉，怎麼也是蕈人至上種族主義者？」

「陳述事實罷了，死囚。」

在骸烈格與菌格互損的時候，蓓麗卡用自己水壺的清水，替小女孩清洗骯髒的傷口。

「我們必須要把她帶走，不能留她在這裡等死。」

蓓麗卡對小女孩微笑：

「骸麗，以後我們叫妳骸麗好嗎？」

「咳……咳咳！」

骸烈格突然乾咳幾聲，骸麗是他和蓓麗卡從前計畫要結婚時，為未來孩子取的名字。小女孩向蓓麗卡點了點頭，好像不討厭這個名字。

「怎麼聽起來好像某個人的名字。」強格說。

「是你的錯覺吧。」

蓓麗卡站了起來，用刺劍敲擊地上。

「休息時間結束，我們要繼續前進尋找核魔龍！腿異人，你作前衛、臂異人，你在後衛、指異人，你在左側……」

「真會驅使人，賤女人。」

馬克吐了一口唾沫，站了起來，忽然看見骸烈格指著自己說：

「馬克，他叫馬克，腿異人。他的腳上沒有腳鐐的話，跑得比誰都快。」

「這傢伙叫強格。雖然他的鬍子醜得像腿毛，不過腕力可以把鐵劍拿來打蝴蝶結。他參加過十年前的多倫蕈地之戰，曾經與我和妳並肩作戰。」

「老大！你說誰的鬍子像腿毛？」強格叫著。

「這是布魯坦，拳異人，刺刀專家。他是克倫，眼異人，一流的偵察兵。」

「夠了，骸烈格。我不需要知道這些。」蓓麗卡皺眉說道。

骸烈格沒有理她，只是指著囚犯繼續介紹：

「那是坦德因、東恩、范斯坦……妳要以隊長的身分帶領我們，起碼要記住我們的名字。」

「我參與的戰爭不比你少，不需要你來教我帶隊。」蓓麗卡說。

「所以我才懷疑。」

「懷疑什麼？」

「不解開我們的鐐銬，不了解我們的名字與技能，就領著我們來獵殺傳說中的核魔龍？這種就像拿著牙籤去殺惡龍的蠢事，不像妳會做的。」

「也許我們是想要利用你到過毒宙界的經驗。」

「但是為什麼不只找我，而是帶了這麼多人來？為什麼不派一大批精銳騎士，而是找了我們這批廢物死囚？」

「說的有理，老大。」強格與其他的囚犯都站了起來，面色不善地看著蓓麗卡與菌格。

「我說過，這是一次極為危險的任務。」

蓓麗卡將手放到腰間劍柄上。

「需要具有豐富戰鬥經驗的人。你們都是老練的傭兵，在這種惡劣環境下的戰鬥，比一般重裝騎士還要有用。」

「但是我們可對付不了核魔龍。」

骸烈格一直懶洋洋的雙眼，突然銳利起來。

「如果真的找到了核魔龍，你們打算怎麼對付牠？」

「到那時候，你會知道的。」

「當我們知道的時候，會不會太晚？」

「你的話太多了，死囚。」

青袍法師長袍一挺，站在蓓麗卡身前。

「此次的一切行動，均奉睿智的陛下旨令，百年來陛下的旨令都被證實是正確無比，這次也不會例外。」

「的確，對白皇來說是正確的，但是對我們呢？」

「你說什麼——」

菌格的叫聲突然停住，他伸出雙手，十指指尖射出灰色菌絲，朝著地上延伸出去。

「嘿，怎麼了……」

「噓！」

強格正要發問，卻被骸烈格掩住嘴巴。只見他們眼前的大樓旁邊的爬藤與荊棘，突然自行燃燒起來。

菌格抬手高喊：

「全體向右後方，逃！」

蓓麗卡背起小女孩骸麗，毫不猶豫地與青袍法師拔足奔逃，骸烈格呼斥著其他人跟在他們後面。

「哇嘿——這是怎麼回事？」

強格看到背後一棟數十層樓高的廢棄大樓，倏然間如同放到火爐上的冰棒一般，在濃煙中迅速融化蒸發。

「核魔龍來了！」

骸烈格對跑在身後的強格與馬克大吼。

「不能看牠！會被燒死的！」

「梟梟梟梟——！」

連死人都能驚醒的巨龍嚎叫聲，震動了整座廢棄都市。

奔跑中的強格忍不住向後看，黑霧與樓房都被高熱的輻射能熔化，在濃煙之中浮現的，是一尊美麗耀眼的光芒巨龍。

巨龍由如同太陽般耀眼的燦爛光芒構成，牠的脖頸修長，龍顎尖長，背生四翼，一雙龍目如探照燈般射出兩道極熱光柱，燒熔所有牠所看見之物。

「那就是……核魔龍……呃啊！」

強格的雙眼遭到強光燒灼，瞳孔冒出火焰，整個人燃燒起來。

「該死的！強格！」

骸烈格將強格撲倒，試圖用囚衣撲滅他身上的火焰。

「梟梟梟梟——！」

核魔龍怒嘯咆哮聲中，朝著骸烈格等人大步追來。背對核魔龍的骸烈格聽到牠沉重的腳步聲，他和強格已經來不及脫逃了。

「黑核傀人，製成，操縱。」

忽然他看見青袍法師菌格背對核魔龍，口中唸誦咒語，布魯坦與克倫兩位囚犯逃跑的腳步忽然停了下來。全身顫抖起來。

「呃……呃呃呃！」

他們的全身亂顫，戴在臉上的菌絲口罩伸出菌絲覆蓋全身，操縱他們像傀儡般向核魔龍奔去。

「你對他們做了什麼！法師！」骸烈格大喊。

「菌格——先不要這麼做！」蓓麗卡高喊。

「尋光，急奔。」

菌格的咒文並沒有停止，布魯坦與克倫的全身被菌絲操縱，即使兩人在慘叫中雙眼燃燒起來，還是向著核魔龍奔去。

「青核，解放！」

兩人的身軀在一剎那間爆炸，化為震撼都市的巨大黑色火團。核魔龍被黑色火團阻擋焚燒，發出淒慘的怒嘯聲：

「嚎梟梟梟梟——！」

「發生什麼事了？」

眾囚犯被襲來的爆風震得摔倒地上，卻怎麼也不敢回頭看。骸烈格蹲在強格身旁，咬牙說道：

「用活人的身體靈魂質能轉換成核爆炸？怎麼會有這種禁忌的青核法？」

「梟梟——梟梟梟梟！」

核魔龍的巨嘯聲調突然改變，一股光芒漩渦從牠的龍嘴產生，將周邊的青色火焰光團吸入。

「快逃！該死的龍炎要來了！」

骸烈格把雙眼被燒的強格交給馬克背著，眾囚犯連滾帶爬地趕緊奔逃，蓓麗卡看到骸烈格沒有逃走，反而閉上眼睛轉過身面對核魔龍。

「骸！你瘋了嗎？」

「這樣下去我們會全被燒死，要用核法攻擊來削弱龍炎！」

「但是你的白核法劍不是被廢掉了？」

「黑核闇骨，伸出！」

只見骸烈格唸誦咒文，右手五根指頭骨骼陡然伸長戳出皮膚，在空中交纏伸長，組成了一柄漆黑的骨骼長劍。

蓓麗卡駭然大叫：「黑核法劍！你怎麼會用黑核法！」

「不想死的話，就和我同時施法！」骸烈格大喊。

「怎麼會這樣！」蓓麗卡背著骸麗，拔出西洋刺劍在空中虛畫，唸誦她最為強大的白核法術咒文。

「白核精靈，凝結！」

「融合，裂解！」黑核骨劍轉化為漆黑烈焰。

「分裂，轉化！」白核精靈裂解成白色光華。

核魔龍張大光芒龍嘴，燒盡天地般的劇烈龍炎噴出，朝著廢棄都市間如螻蟻般竄逃的眾人，以及前方襲來的黑白火團洶湧狂撲而去。

「嚎梟梟梟梟——！」

08

「祈禱你能活過下一次呼吸吧，死囚。」

菌格轉過頭來，青白雙眼看著骸烈格。

「核魔龍追來了。」

廢棄都市最高的一棟百層竹節形大樓底層，高挑穿堂的地板上躺著十幾個在龍炎攻擊中被燒傷的囚犯，包括雙眼燒壞昏迷過去的強格。

他們所以能生還，主要是骸烈格與蓓麗卡的合力攻擊擋住部分龍炎之後，菌格施出轉移位置的青核法，將眾人移動到這處大樓內，逃開了憤怒的核魔龍。

蓓麗卡用白核法治療傷勢最重的馬克。馬克的雙腿被燒斷，骸烈格得把不停掙扎的他壓住，才能接受核法急救。

就在這時，大樓穿堂牆邊的荊棘開始燃燒，菌格法師冷酷地警告眾人，核魔龍已經靠近此處。

「副隊長，牠距離我們還有多遠？」蓓麗卡問。

「牠正在大樓周圍幾條街的街道上移動，生命波動起伏強烈，應該是被我們的攻擊激怒，正在尋找我們。」

青袍法師感受菌絲傳回來的資訊。

「以這種距離，龍炎可以一口氣噴發過來，將我們燒蝕殆盡。」

「還能再次轉移位置嗎？」蓓麗卡問。

「我的青核法移動術，必須以眼睛確定移動後的位置座標，才能進行移動。在這棟大樓的底層，我無法看到能逃離核魔龍的遠處。」

眾人絕望地看著青袍法師，如果離開大樓被核魔龍發現是死路一條，但是留在大樓裡，也隨時都會被龍炎燒死。

「只能賭一下了。」

蓓麗卡用刺劍指著穿堂旁邊的樓梯間。

「我們向上爬。如果能在核魔龍攻擊前爬到這棟大樓的樓頂，菌格就能看到遠方，將我們轉移帶走。」

蓓麗卡的判斷，骸烈格與菌格均無異議。骸烈格走到雙眼燒壞昏迷的強格身邊，想要將他背起：

「走吧，兄弟。」

「等一下！」

旁邊雙腿燒斷的馬克，指著菌格嘶吼：

「那個法師剛才對布魯坦與克倫做了什麼？為什麼他們會爆炸？」

「對！你做了什麼手腳？」

雖然眾囚犯不敢看核魔龍，只聽到聲音，但是他們也知道自己和布魯坦與克倫一樣，被青核法師動了手腳。

「那是陛下給菌格的菌絲口罩與緊急咒文。」蓓麗卡說。

「他奉命在遇到核魔龍的時候，就要唸誦咒文。這個咒文是我們未見過的，也不清楚它的效果。」

「那是黑皇菫國的自爆核法道具與啟動咒文，專門對付核魔龍。」

骸烈格淡淡地說。「我和妳的核法劍是把核法精靈分裂成核能量，這個咒文則是把人體與靈魂強迫分裂成核能量，沒有比這更惡毒的咒文了。」

「怎……怎麼會……」蓓麗卡額頭流下冷汗。

「賓果，這就是白皇要我們來的原因。」

骸烈格懶洋洋地笑了起來。

「因為我們是死囚，與其讓我們上斷頭台，不如為白皇菫國作個活炸彈更有利用價值，那個人一定是這麼想的。」

他的嘴角上揚，眼中卻沒有笑意。

「賤貨，以妳的聰明經驗，就算不知道咒文效果，應該也猜到了白皇的用心。不想記我們的名字，是因為知道我們一定會死。但是妳剛才還拼命為我們治療，真是一個偽善的女人啊？」

「該死的騙子，竟然想這樣殺掉我們！」

囚犯們手上鐐銬作響，憤怒地包圍住蓓麗卡與菌格。骸烈格張開手，阻止了他們的進一步攻擊。

「青袍法師，以你在青核法的造詣，應該早就能解讀自爆咒文的效果。為什麼你不在剛才將所有的死囚都加以引爆？」

骸烈格皺眉問。

「如果真要除掉核魔龍，剛才應該是很好的時機。你只引爆兩人，後來更把我們全體都轉移過來，是為了什麼？」

青袍法師沉默片刻，在眾人的瞪視中說道：

「蕈人尊重所有的生命。即便是吾皇的旨意，若是有其他選擇，我也不想使用這咒文。」

「說得這麼好聽，那你為什麼還要用？」馬克罵道。

「我判斷那是當時犧牲最少生命，拯救最多生命的作法。」蕈人法師右手抬起，指尖隨著森冷目光掃過眾人。

「即使是現在，我也不畏懼作此判斷。」

被法師指尖對準的囚犯，不由得都退了半步。在這劇毒都市裡，他們是無法脫下菌絲口罩的。

「算了，起碼這傢伙還算壞得誠實。」

骸烈格大笑一聲，把馬克交給另一個囚犯背著，自己把強格背到背上。

「不想變成龍炎烤肉，也不想變成操他的炸彈的傢伙，現在就給老子往上爬！」

09

昏暗的廢棄大樓樓梯間裡，許多荊棘藤蔓橫生在樓梯上，裡面纏著古老的人骨骷髏。十幾名戴著菌絲面罩的囚犯背著重傷者，奮力地在荊棘間向上爬。

身披戰甲的蓓麗卡抱著小女孩骸麗，沉默地爬著樓梯。頭盔下的黑膚臉孔神情黯淡，十分抑鬱。

「咿……啊……」

全身纏著白布的小女孩伸出小手，撫摸著蓓麗卡的臉龐。

「妳是在安慰我嗎？骸麗。」

蓓麗卡對小女孩微笑，女孩的小手動了動，似乎在鼓勵她。這個孩子才這麼小就病得如此嚴重，即使是在這種險境下，蓓麗卡也無法將她棄之不顧。

「嘿，妳們的感情變好了啊？」

骸烈格背著瞎眼的強格，爬到了她們的身邊。

不知是不是因為對自己的作為感到慚愧，蓓麗卡剛才已經替囚犯取下了鐐銬。菌格雖然表示這是違背皇令，但是也沒有阻止她。

「骸，你對我的指責是對的。」

蓓麗卡低聲說道：

「心中明白是帶你們來送死，卻又想逃避內心的自責來救人，我只是一個卑鄙的偽善者。」

「多虧了妳的偽善，這些傢伙現在還能活著。」骸烈格聳了聳肩。

「現在老子也明白，妳是被白皇那傢伙騙來的。」

「你不叫我賤貨了？」

見到骸烈格對自己的態度忽然變得溫和，蓓麗卡有點意外。

「骸，你怎麼會使用黑核法的？」

使用鬼魂或骸骨作為核法精靈的黑核法，對白皇蕈國來說是禁忌之術，而且與白核法的運行咒文完全相斥。

「為了得到黑皇蕈國的信任，我作了很多犧牲。包括放棄白核法精靈，修習黑核法。」骸烈格淡淡地說。

骸烈格說得輕鬆，但是蓓麗卡從來沒有聽說過有人能從白核法師轉換成黑核法師。在兩種不同核法中轉換的痛苦，以及需要的高強核法智慧與意志力，都是蓓麗卡所難以想像的。

「你為了我們蕈國犧牲這麼多，為什麼又要背叛我們？」

骸烈格沒有回答，只是向上爬著階梯。

「我一直都在注意你被放逐後的情報，你即使成了傭兵，也從來不會濫殺平民。傭兵團在你的影響下，開始成為一支反抗貪污政府，維持秩序的人民部隊。」

蓓麗卡緊跟著骸烈格，走到他的身旁。

「像你這樣的人，我不想放棄你。」

「操他的，老子放棄了。」

「骸？」

「我早就該知道，妳就像鋼鐵香菇般頑固。就算我對妳再爛再賤，再怎麼罵妳，也不可能把妳從我屁股後面甩掉。」

骸烈格嘆了一口氣。

「既然妳被派來執行這次任務，妳和妳的家族難逃那個人的滅口。就算我接不接近妳，結局也沒有什麼不同。」

蓓麗卡沒有說話，只是注視著男子戴著口罩的粗獷臉孔。過去她所熟悉的頑皮眼神，又再出現在他的雙瞳。

「白皇設下了一個我不可能逃脫的陷阱，而我正在越陷越深。」

身材高大的棕髮男子，凝視曾經是他未婚妻的黑膚女騎士。

「和我一起死吧，蓓麗卡。」

Σ

有一條嫉妒的毒蛇，在菌格的心頭噬咬著。

他放出的菌絲除了能偵察周圍數里的動靜，也能傳來所有人的對話。走在隊伍前端的骸烈格與蓓麗卡間的氣氛改變，他也已經明白。

菌格知道蓓麗卡的過去，這位名門貴族的獨生美女拒絕無數男人的追求，就是為了曾經的未婚夫——叛國者骸烈格。

這次任務之中，所有死囚都是白皇預定的棄子。菌格雖然不願濫殺生靈，卻也存了骸烈格終將死亡，蓓麗卡將會投入自己懷抱的期待。尤其自己可能會成為首席大法師。

現在這個期待幾近成為泡影，嫉妒如毒蛇般啃咬著法師的心靈。但是骸烈格接下來對蓓麗卡所說的過去經歷，吸引了他的注意。

骸烈格說他假裝背叛白皇，叛逃到黑皇蕇國後廢去白核法劍，成功得到黑皇信任，加入至毒宙界捕獵核魔龍的任務隊伍。

黑皇蕇國百年來研究出削弱核魔龍魔力的各種黑暗核法，在犧牲大量人命後，終於成功的捕捉住一頭核魔龍。

「他們成功了？」蓓麗卡問。

「成功了，但也失敗了。」骸烈格說。

被帶回黑皇蕇國的核魔龍，在首都郊區的研究院中核能量意外失控外洩，發生了極為猛烈的大爆炸，造成了首都五分之一被炸滅，國土被汙染，核魔龍病四處蔓延的苦果。

「那場大爆炸是黑皇蕇國的恥辱，他們將消息完全封鎖，所以其他國家都不知情。」骸烈格咬牙說道。

「許多無辜的孩子都染上核魔龍病，在幾個月到幾年內病發死亡，半數蕇地與天泉都被汙染，簡直是人間地獄。」

後來骸烈格乘黑皇蕈國陷入混亂的時機，盜走對付核魔龍的機密資料，回到白皇蕈國去面見白皇。

菌格感到迷惑，白皇說要在黑皇蕈國得到核魔龍前將其獵殺，才派他與蓓麗卡進行這次任務。但是骸烈格又說黑皇蕈國已經獵捕到核魔龍，這到底是怎麼回事？

白皇交給他的蕈絲口罩，使用的竟是黑核法，應該就是骸烈格所說他帶回來的對付核魔龍技術。為什麼白皇要這麼做？

白皇是蕈人的最高領袖，百年歷史的白皇蕈國可說是由他一手建立的。

蕈人之間可以建立心靈之間的聯結，出發之前白皇召見菌格時，他就透過聯結感受到白皇的高潔心靈全為國家民族設想，毫無一絲利已的陰影。

如此偉大的蕈人皇帝，又怎麼會說謊欺騙他們呢？

「呼……呼……操他的屋頂到啦！」

氣喘吁吁的幾名囚犯，合力撞開樓梯間最高處的銹蝕鋼門。一行人跌跌撞撞的走出門口，站到了樓板龜裂的屋頂平台上。

出現在他們面前的，是照亮整個天空的赤紅火光。

「怎麼回事？」骸烈格吃驚地問。

「整個都市……都燒起來了！」

蓓麗卡與菌格跑到頂樓邊緣扶手邊，看到整個都市都陷入了一片烈焰火海。馬路被極度高熱熔成了滾滾岩漿，破裂的大樓在岩漿中傾倒，除了他們所在的這棟大樓，放眼望去幾乎都是赤紅色的烈焰。

「難道這是……核魔龍造成的？」蓓麗卡聲音顫抖。

「到底是什麼樣的怪物啊？」骸烈格大罵。

「嚎梟梟梟梟——！」

震動毒宙界的核魔龍怒吼咆哮聲，從大樓下方火紅岩漿處震耳傳來，把所有人震得心驚膽戰，跌倒在平台上。

「青核法師！你不是看到遠方就能把我們轉移，快動作啊！」骸烈格趴在地上大喊。

「看的到的地方都是火焰和岩漿，要轉移去哪裡？」

青核法師說出的話，如同喪鐘般敲在所有人耳中。

「我們已經無路可逃。」

10

在核魔龍噴出龍炎的極度高熱下，整座廢棄都市地面都變成蒸騰的溶岩岩漿，火紅色的炙熱地獄裡，骸烈格一行人所在的竹節形高樓不停搖晃。

「不值得驚慌，我們原來的任務便是獵殺核魔龍，現在只要動手執行。」菌格冷漠地說。

「殺？你要拿什麼殺？」骸烈格怒吼：

「你沒有看到那怪物把這都市變成什麼樣了？我們怎麼可能勝過牠？」

「那可不一定。」

青袍法師的目光從囚犯臉上一一掃過，被背著的斷腿馬克憤怒大叫。

「你這該死的傢伙，又要把我們變成炸彈？」

「我說過，別無選擇時，我不會猶豫。」菌格的視線停留在骸烈格臉上。

「你知道黑皇蕈國對付核魔龍的密術，為什麼不拿出來使用？」

「我的核魔龍記憶在被白皇拿走消除啦。」骸烈格說。

「不過你似乎自己用核法將它恢復了，還恢復得挺好。」

「菌格，你聽見我們的對話了？」蓓麗卡說。

「是的，我都聽見了，無論是該聽的……或不該聽的。」菌格淡淡地說，蓓麗卡面罩下的臉孔一紅。

「我不想獵殺核魔龍，那條大蜥蜴是無辜的。」骸烈格聳了聳肩。

「事實上，我只想逃個老遠，和牠老死不相往來。」

「事實上，你馬上就要死了。」

菌格才剛說完，他們所在的百層大樓樓頂就劇烈地搖晃起來。

「嚎梟梟梟——！」

核魔龍的驚人咆哮在大樓下方響起，龍炎噴射掃過，瞬間融化大樓樓底下十幾層，整棟大樓猛地向下墜落。

「哇啊——！」

「骸麗！」

樓頂的眾人在慘叫聲中，隨著樓頂向下急墜。青袍法師在空中用真菌之手噴出菌絲，在樓頂上結成一層菌絲網接住眾人，才沒有讓他們當場摔死。

蓓麗卡背上的骸麗與她在空中分開，摔落到絲網上。骸烈格與蓓麗卡趕緊爬過去，卻看到小女孩身上的白布條散開，顯出肩膀與背上的腐爛肌膚。

「那條該死的龍，牠發現我們在樓上啦！」馬克大喊。

「我們死定啦！」

原來天不怕地不怕的這群囚犯，面對超乎人智所能想像的恐怖核魔龍，還是忍不住慘叫起來。

「這是……祝福的白核法紋？」

骸烈格看著小女孩背上腐爛傷口上，微微顯現的白色符文。

「那是什麼？」蓓麗卡問。

「只有從白皇蕈國皇家孤兒院出身的孩子，才會被賜福這個法紋。」骸烈格說。「我的背上也有一個。」

「那麼骸麗不是殘人族，而是白皇蕈國的孤兒？」蓓麗卡十分驚訝。

「……」

骸烈格似乎發現了什麼，憤怒得咬緊牙關。

一隻冷硬的手，搭在他的肩上。

「在這種時候，你還不肯使用對付核魔龍的密術？」青袍法師說。

骸烈格回過頭來，發現菌絲網上所有的人都在看著自己。

「老大，你就當救我們的命吧！」馬克大喊。

「不殺那條該死的龍，我們自己會死的！」

「不是我不用，是沒辦法用！黑皇蕈國的密術要很長時間準備，還要有很多該死的『法器』！」骸烈格吼著。

「別再說謊了，我不會再相信你的。」菌格說。

轟隆——！

大樓又向下墜了十幾層樓，在焰岩中不停搖晃。眾人被震得心驚膽戰，下方都市的血紅火海離他們越來越近。

「嘿……把我……變成炸彈吧……」

骸烈格背上背著的瞎眼囚犯強格，忽然開口說話：

「反正我看不見了……乾脆去……和那該死的龍同歸於盡……」

「你這傢伙，別說廢話！」骸烈格大罵。強格雙眼流著黑血，鬍渣滿臉的臉上咧嘴一笑。

「我聽到你們的對話……老大……你要珍惜這難得的好老婆啊……別再對她那麼差啦。」

「少囉嗦，我不會讓你去死！法師，你如果敢對他動手，我絕對不會放過你！」

「那麼如果我這麼做，你又要怎麼辦呢？」

菌格伸出右手，對準了斷腿馬克以及背著他的囚犯坦德因。

「青核傀人，製成，操縱。」

馬克與坦德因臉上的菌絲口罩倏然伸出菌絲，刺入他們全身，兩人劇烈戰抖起來。

「老大……救我……」

馬克口吐白沫，顫抖著放聲哀號。

「法師！你給我住手！」

骸烈格站了起來，右手五根指骨伸長刺出，化為一把交纏黑骨劍，蓓麗卡也拔出腰間西洋刺劍。

「菌格！不要這麼做！」

「尋光，急奔。」

骸烈格與蓓麗卡向青袍法師舉劍衝了過去，但已來不及阻止他的唸咒。只見背著馬克的囚犯坦德因在菌絲操縱下，如傀儡般向著大樓下方躍去。

「青核，解放！」

兩人的身軀在空中瞬間爆炸，化為震撼都市的黑色火團，搖動了整棟大樓。骸烈格趴在地上，向青袍法師怒吼：

「你這個殺人兇手！」

「菌格，你怎麼會這麼做？」蓓麗卡大叫。

（對呀，我怎麼會這麼做？）

菌格也呆住了，但是他的嘴巴就像不受自己操縱般，冷酷地笑道：

「骸烈格，你再不快點用秘術，馬上就有下一個死囚要變成炸彈！」

「你……！」

骸烈格與蓓麗卡爬了起來，看著青袍法師。只見菌格俊美的臉孔上，青白雙眼的青瞳逐漸變淡，雪白眼白變得更為濃烈。

「嚎梟梟梟梟————！」

忽然核魔龍的憤怒狂嘯隨著狂風，在他們的背後空間升起。無法逼視的耀眼光芒以及炙熱氣流，朝著他們劇烈撲來。

「不能回頭看！」

骸烈格放聲大叫。

「核魔龍向我們飛過來了！」

11

「哈哈哈——哈哈哈哈！」

背對著被黑色火團炸傷，狂怒地拍打四張龍翼，朝著樓頂振翅飛來的光芒核魔龍，青袍法師大笑起來：

「骸烈格！你和你心愛的女人，還有所有人馬上就要被燒死，這樣的結果你高興嗎？哈哈哈哈！」

「爛香菇，你真的發瘋了！」骸烈格大罵。

蓓麗卡抱著骸麗，在背後襲來的火焰浪潮中對骸烈格大叫。

「骸，現在該怎麼辦？」

「沒有辦法……只有幹了！」

男子看著她們，還有其他滿臉恐懼的囚犯，憤然站起。

「等一下我會唸一段咒文，核魔龍的動作會暫時受到控制，蓓麗卡妳趁機發動最強的白核法攻擊。記住！不管妳看到『什麼』，都要出手攻擊！」

「我明白了！」

蓓麗卡放下骸麗，舉起手中西洋刺劍。

「梟梟——梟梟梟梟！」

核魔龍的巨嘯聲調突然改變，眩目的光芒漩渦在眾人的背後空中亮起。

眾人都知道，這是核魔龍噴射龍炎的前兆。幾個囚犯忍不住抱頭跪下，等待被瞬間燒死的那一刻。

「黑核闇骨，伸出！」

骸烈格高舉右手骨劍，開始唸誦咒文。一股流水般的黑色光芒從中發出，纏繞著劍尖。

「失魂之靈，惑吾之引，離骸之骸，離夢之夢……」

男子右手骨劍劍尖突然放低，對準蓓麗卡身旁的骸麗，黑色光芒分成兩道射去，鑽入小女孩的雙瞳。

「骸烈格？」

蓓麗卡驚疑高喊，卻看到小女孩的身體飄浮起來，全身包圍在黑色光芒中。就在這時，核魔龍的怒嘯聲發生了異狀。

「嚎梟梟……梟梟……！」

蓓麗卡感到背後的光芒漩渦開始消失，核魔龍的吼聲逐漸變弱。難道這就是骸烈格所說，能夠讓核魔龍的動作暫停的密術？

「合汝共生，合汝共死，童夢共夢，童慮共慮……」

骸烈格劍尖發出的黑色光芒將小女孩骸麗包在裡面，朝著核魔龍的方向飛去。蓓麗卡一咬牙，舉起刺劍在空中虛畫：

「白核精靈，凝結！」

她將剩下的白核精靈全都附著在刺劍上，凝結成耀眼無比的白色光華。

「增幅！轉化！」

白色光華瞬間暴長，變成一把巨大耀眼的西洋巨劍。蓓麗卡雙手緊握即將爆發的強烈光劍，轉身面對核魔龍正要刺出，揮劍的手卻停在空中。

能夠燒盡天地的恐怖核魔龍，並不在她的面前。飄浮在樓頂空中的，是一位由金黃光芒構成的長髮小女孩。

雖然她的臉上沒有腐爛傷口，從光芒小女孩的小臉輪廓，蓓麗卡還是叫出她的名字：

「骸……骸麗？」

「快點動手！蓓麗卡！」

不用骸烈格高喊，蓓麗卡已經無法停止手中光芒巨劍的爆發，耀眼白色光柱從她手中射出，朝著金色光芒小女孩洶湧奔去。蓓麗卡大聲驚呼：

「不要——」

突然從天空黑霧中，數道強烈的白色光柱從上擊下，擋住蓓麗卡發出的強大白核法攻擊。白色光芒在空中交擊，爆發出震撼耀眼的光波爆炸，蓓麗卡吃驚於忽然出現的白色光柱。

「白核法劍？是誰發出的？」

「妳看那裡！」

骸烈格用骨劍指著天空，只見滿天閃耀的白色光波中，十幾位騎著白翅蕈馬，全副武裝的白皇騎士，彷如天神般從高空黑霧裡降下。

「是白皇騎士團！」蓓麗卡驚喜叫道：
「他們怎麼會來這裡？」
「他們不是來這裡。」骸烈格皺眉。
「而是早就在這裡。」
「什麼？」
忽然一道白光從蓓麗卡身旁掠過，她還來不及反應時，那道白光已經飛到空中金色光芒小女孩的身旁。
「菌格！你怎麼——」
空中白光裡的青袍法師菌格，用蒼老威嚴的眼神，睥睨大樓頂上的蓓麗卡與眾人。法師的雙瞳裡已沒有青色，而是一片完全的白。那雪白眼瞳的特異模樣，蓓麗卡只在一個老人的臉上見過。
「那個人已經不是菌格了。透過蕈人間的精神聯結，他的精神已經被另一個人完全佔有。」
骸烈格就像對老朋友打招呼似的，對著空中的白眼法師熱情揮手。
「是不是啊？白皇？」

滿城火海熔岩的廢棄都市裡，被燒蝕掉半截的百層大樓樓頂上，骸烈格、蓓麗卡與倖存的幾位囚犯，緊張地看著空中的人影。

乘著飛天蕈馬的十幾名白皇騎士，排成圓陣護衛著中央的白眼法師，以及他身旁的金色光芒小女孩。

白光法師俯瞰樓頂上的眾人：

「骸烈格，很久不見了。」

聽到法師蒼老威嚴的嗓音，蓓麗卡不由單膝跪下，向她所事奉的白皇蕈國至高皇帝行禮。

骸烈格卻把右手骨劍當枴杖插在地上，左手插腰，吊兒郎當地對白皇說：

「在看到你這黑心皇帝掛掉之前，我可還不能死啊。」

「什麼……」

統治白皇蕈國超過百年的白皇，對蓓麗卡與眾騎士像是至高神一般的存在，骸烈格竟然叫他黑心皇帝？

「黑心皇帝，你這次設下的計謀還真狠。」

骸烈格笑了起來。

「葬送那麼多無辜小女孩的生命，你也都無所謂嗎？」

「為了白皇蕈國的安全，朕為所應為。」白皇回答。

「骸，你在胡說些什麼？快向陛下請罪！」蓓麗卡從後面拉著骸烈格的手，男子哈哈一笑。

「蓓麗卡，白核精靈是用親人靈魂當法器祝福而成，黑核精靈是用骸骨當法器煉成，那麼核魔龍如果要煉成精靈，要用什麼當法器？」

「你說什麼？」蓓麗卡不明白他的意思。

「妳不是問過我，為什麼我要背叛白皇？」

骸烈格看著白皇。

「當我帶著黑皇蕈國的密術資料回去找白皇時，他詢問我的第一件事，就是能不能在白皇蕈國重現這些密術。」

「什麼？」

「白皇根本不是要獵殺核魔龍，表面上他宣示核魔龍為極惡禁忌，實際上他就像黑皇蕈國一樣，要把核魔龍佔為己用。派我去黑皇蕈國，就是為了得到捕捉核魔龍的密術。是不是啊，死老頭？」

面對骸烈格的質問，白皇雪白的眼瞳沒有任何反應。

「當我看到白皇向孤兒院調集所有小女孩的資料時，我就決定要背叛了。」

骸烈格繼續說著：

「捕捉核魔龍的黑核法密術，是將一百個活生生小女孩的肉體與靈魂用核法煉成法器，將其餵給核魔龍融合後，便可將核魔龍化為精靈狀態，加以捕捉。」

「那麼……骸麗就是……」

蓓麗卡忽然明白白皇的圖謀。

「骸麗就是白皇製作的最後一件法器，之前的九十九個孤兒小女孩法器，都已經由白皇騎士團餵給這裡的核魔龍。但是有一件事，讓最後一件法器無法完成。」

骸烈格用骨劍劍尖指向白光法師，咧嘴一笑：

「我帶回給你的密術咒文，少了最後一段。對吧？」

「朕那時已將你的記憶與身體徹底搜尋，你到底將咒文藏在何處？」白光法師開口詢問。

「這是人家的小祕密哦。」

骸烈格向白皇眨了眨眼，繼續說道：

「因為少了那一段咒文，那時你在不確定情況下不敢殺我，我才能保住性命。你這次的捕捉核魔龍密術無法完成，才把主意又動到我頭上。」

「你派不知道真相的蓓麗卡來找我，把我和夥伴帶到這裡來，又讓我們發現骸麗。一切的行動就是要讓我為了保護蓓麗卡與夥伴，唸出最後一段咒文，讓骸麗與核魔龍融合。」

聽到骸烈格說的話，蓓麗卡震驚得全身發抖。從骸烈格之前的遭遇，她對白皇其實早有疑慮，但是沒有想到真相竟然如此黑暗。

「陛下……他說的是真的嗎？」

「朕記得汝並非如此饒舌的男人，骸烈格。」白皇平淡地回答，等於默認一切。

蓓麗卡顫聲大叫：「陛下！為什麼您要這麼利用我？為什麼要害死那些孤兒小女孩？」

「忠誠的蓓麗卡，既然汝問了，朕就告訴你們什麼才是真相。」

白光法師嘆息一聲：

「我白皇蕈國，已經接近崩潰滅亡的邊緣。」

「國家人口成長過於快速，人民對核法能量與天泉的使用貪得無厭。在朕注意到時，蕈上世界的生產能力與資源，早已無法負擔人民的各種需求，只能不停向別國高利借貸。百年繁華過後，現在的白皇蕈國，不過是個外表華美，內部腐壞的空殼。」

「其他強大蕈國對我國覬覦已久，若是我國衰頹的真相被看破，不出數月即會被他國合力攻滅，所有國民都將淪為階下囚。」

「黑皇蕈國已經成功捕捉過核魔龍，試圖以其永不枯竭的能量來提供該國核法動力。其他國家也有類似的行動，若是吾國不加以迎頭趕上，即為坐以待斃。此次行動雖然犧牲百位女童，但其收獲，卻可讓我全國兩千萬人民受惠百年。」

「當核魔龍化為精靈帶回吾國後，朕將公布此事，並承擔所有責難。如此作法，汝等可能理解？」

白皇嚴肅而合理的說法，讓空中的所有白皇騎士默默點頭，蓓麗卡也幾乎要被他說服。相信只有這種作法，方能保住白皇蕈國的富強與人民幸福。

正當場面被白皇掌控時，一道粗魯的笑聲，從一名倒在地上的瞎眼死囚嘴裡發出。

「嘿……老大……」

「幹嘛，強格？」骸烈格回頭叫道。
「有個傢伙一直在放屁……臭得老子想死都死不掉。你能幫我……把他的屁眼塞住嗎？」
「喔喔，這就來塞！」
骸烈格哈哈大笑，用骨劍指向白皇，再指向陷入火海的廢棄都市，以及周圍的無盡黑霧。
「黑心皇帝！看到這個毒宙界的鬼樣子，你還沒有睡醒嗎？你怎麼不去黑皇蕈國看他們的首都被核魔龍炸成什麼鬼地獄，死了多少大人與小孩？汙染了多少巨蕈？」
骸烈格的豪邁笑聲，火海濃煙也無法將其壓過：
「人民的欲望永遠不會滿足，你要做的是約束他們！貪圖這該死的核魔龍力量，只會把我們和子孫都一起害死！」
白皇的臉色一沉，首次露出惱怒神情。
「我國核法研究所已作好萬全準備，在吸取核魔龍精靈的能量時，將會萬無一失。」
「我記得那時黑皇蕈國的研究所，好像也是這麼說的哦！」
骸烈格賴皮地大笑，白光法師的手掌朝他抬起。
「骸烈格……朕果然還是不能讓你活著。」
「嚎梟梟……梟梟……！」
白光法師身旁，金色光芒小女孩的身體突然劇烈抖動起來，發出奇異的核魔龍嘯聲。白光法師與白皇騎士團的騎士大驚，趕緊向著周圍閃開。

下方樓頂的骸烈格，高興地抬起骨劍：
「操他的，老子用廢話拖了這麼久時間，咒文終於生效了！」

13

「嚎梟梟……梟梟……！」
火海都市上空煙霧中，長得很像骸麗的金色光芒小女孩抱著頭，哀號大叫，她發抖的光芒身影逐漸分散，化為數十個小女孩的模樣。
「骸烈格！這是怎麼回事！」大樓頂上的蓓麗卡大叫。
「其實啊……我根本沒有偷到黑皇的最後一段咒文！」
骸烈格大叫解釋：
「剛才對骸麗唸的這一段咒文，是我自己編出來的！混合了黑白核法咒，讓她進入核魔龍以後，將其他被核魔龍吞掉的女孩法器靈魂解放出來！」
「不可能，怎麼有人能做到這種事？」
白光法師不敢置信地看著骸烈格，混合黑白核法咒？那是多麼困難的事，這個骨異人不僅成功了，還編出新的咒文？
「不要小看年輕人的創意！黑心皇帝！」骸烈格大笑。

空中分散出的百位光芒女孩之中，一個全身纏著白布條的小女孩掉了下來。蓓麗卡趕緊接住她，驚喜大叫：

「骸麗！妳沒事！」

「稟告陛下，核魔龍要解除精靈狀態了！」

騎著在飛天蕈馬的騎士團長，緊張地向白皇報告。只見九十九位光芒女孩的身體又再融合，逐漸變成了一頭光之巨龍。

「陛下，再這樣下去，您的精神體會有危險！」

「把所有人滅口，再把骸烈格帶回去，他的身上有太多祕密。」白皇右手一指，白皇騎士團騎著蕈馬，向著樓頂上的人下降飛去。

「蓓麗卡！妳是站在我這邊，還是白皇那邊？如果妳是站在我這邊，就幫我拖點時間……唔！」

蓓麗卡拉過骸烈格，狠狠地吻了他的嘴唇一下。

「笨蛋，那還用問嗎！」

「哈哈哈！」

骸烈格咧嘴一笑，看蓓麗卡揮劍發出白光，阻擋空中朝他們撲來的白皇騎士。

他抬起頭，對著空中的白光法師大叫：

「黑心皇帝！我知道你會派菌格來是因為他年輕，是一個又廢又沒意志力的爛香菇，最容易被你操縱，對不對呀？」

「菌格！早知道你這麼沒用，是一個又廢又沒意志力的爛香菇，我早就把你拿來煮香菇湯啦！」

「反正你暗戀蓓麗卡也沒用啦，又廢又沒意志力的爛香菇！我要把蓓麗卡帶走囉！再見啦，哈哈哈！」

「骸烈格……你說誰是又廢又沒意志力的爛香菇？」

氣得發抖的青年嗓音在白光法師口中響起，他臉上的雪白瞳孔，逐漸浮現一股青色。

「聽朕旨意，菌格法師！把汝的身體借給朕！」

白光法師摀住雙眼，菌格的聲音憤怒大叫：

「即使是陛下的旨意……我也不能容忍自己的名譽被這傢伙羞辱！」

「菌格法師——」

白皇騎士團驚慌地看著陷入混亂的白光法師，他的長袍與眼瞳已經漸漸變回青色。忽然一陣震耳欲聾的巨龍嘯聲在他們背後響起。

「嚎梟梟梟——！」

「糟了，核魔龍要復原了！」

難以逼視的耀眼強光充滿天空，核魔龍的憤怒狂嘯聲隨著龍翼拍打的狂風，將白皇騎士團吹得難以行動。

骸烈格在樓頂上放聲大笑：

「嘿嘿！那隻大傢伙恨極你們，你們完蛋啦！」

「不能與核魔龍戰鬥，全員撤退！陛下的精神已離開此界，本團立即撤退回蕈上界！」

白皇騎士團的團長一聲呼喝，十幾匹飛天蕈馬立即載著騎士向上飛升，在高空黑霧中消失了。

「呼……呼……」

結束了戰鬥，蓓麗卡把劍收起，氣喘吁吁地走到骸烈格的身旁，看著天空越來越耀眼的核魔龍身影。

「接下來該怎麼辦？核魔龍就在前面耶！」

「我那知道啊。」

骸烈格打了個呵欠，向後仰天倒在樓頂地板上。忽然一個青袍人影，降落在他的面前。菌格瞪視躺在地上的男子：

「你把我罵醒，害我背叛了陛下，卻不知道接下來怎麼辦？」

「對呀……老大，該怎麼辦呀？」躺在地板上的強格抬頭問。

「我雖然瞎了，這條狗命還是想多活幾天。」

「那你去問骸麗，願不願意讓你活幾天。」骸烈格沒好氣地說。

「骸麗？」

蓓麗卡看向坐在地上的小女孩骸麗，她臉上與滿身的皮膚傷口竟然結痂癒合，看起來好了很多。

骸麗對蓓麗卡笑了笑，張開嘴巴，發出低沉的奇異聲音：

『打擾吾萬年之深眠的，即為汝等？』

「妳……該不會是……」

蓓麗卡驚奇地回頭，看向天空的核魔龍。

那是一尊非常美麗的光芒巨龍。牠現在的光芒雖然耀眼，但是卻控制在不會燒毀眼睛的程度。核魔龍的巨大龍嘴微微張開，透過骸麗的嘴巴說話：

『此小女孩與吾短暫同心，謂汝等為善人，並幫助吾脫離白皇法器，重獲自由。因此吾不會主動傷害汝等。』

原來骸麗曾為核魔龍的法器，核魔龍與她建立了心靈連結：

『現在吾將離開此處，汝等可保性命。』

聽到核魔龍即將離去，眾人就像撿回性命般鬆了一口氣。骸烈格坐起身來，對骸麗詢問：

「大傢伙，有沒有不會汙染世界，就可以利用你的能量的方法？」

『汝之疑問，吾亦在追尋。』

「你知道治好核魔龍病的方法嗎？」

『汝之疑問，吾亦欲尋得。』

「問了也是白問啊……」骸烈格搔著下巴。

「那麼至少告訴我，你的名字。」

『第四號龍，即為吾名。』

核魔龍拍打四張龍翼，強風吹拂下，巨大龍身逐漸向著遠方飛去。最後的龍語，在骸麗的口中說出：

『困難時可呼喚吾名，於此台灣島嶼，吾將至彼處助陣——』

「牠走了……」

蓓麗卡與骸麗一起看著遠方，小女孩第一次露出了笑臉，蓓麗卡高興地抱住了她。

她們身後的幾個囚犯們爬起身來，感嘆地互相擁抱，慶祝自己在發生這麼多事後，終於保住了性命。骸烈格則與菌格又互相抬槓起來：

「和我決鬥。」

「法師，剛才我是為救你才罵你耶！」

「和我決鬥。」

「什麼啊，我為你費盡了心思去罵你，還不感謝我！」

「和我決鬥。」

蓓麗卡撲嗤一聲笑了出來，走過去把兩個互扯對方衣領的大男孩拉開。

強格在同伴的攙扶下站了起來。

「嘿！老大、隊長！咱們接下來該怎麼辦？」

「骸，白皇蕈國我是回不去了。」蓓麗卡抓住骸烈格的衣領。
「你可別說要一個人走。」
「聽到白皇說的那些事，我覺得想要利用核魔龍的事情，會在蕈上世界和毒宙界不停上演。」
骸烈格搔了搔頭。
「核魔龍說這裡不過是一個島嶼，看來毒宙界還很廣大。我要去四處尋找古核法，看能不能找到解決能源不足以及醫治核魔龍病的方法。」
「那麼你一定需要白核法高手和你一起去。」蓓麗卡說。
「也需要幫你出主意的好幫手。」強格說：
「還可以順便研究治療眼睛的核法。」
「其實啊，我現在最需要的是這傢伙。」
骸烈格親熱地摟著菌格的肩膀，年輕法師翻了白眼瞪他。
「抱歉，你說什麼？」
「不靠你的青核法，我們要怎麼離開這都是熔岩的鬼地方？」
「先和我決鬥。」
「你這傢伙，怎麼這麼囉嗦啊！」
在離開大樓之前，骸烈格最後再向黑暗的天空合掌膜拜。

只有他明白，若不是那九十九名小女孩用靈魂承受核魔龍沉眠被吵醒的怒氣，並將其溫柔的帶走，這裡所有人都會難逃一死。

「第四號核魔龍……那不就還有一、二、三號龍？」

男子凝望遠方，也許廣大的毒宙界還有許多不同編號的核魔龍。那美麗之極，又恐怖至極的生物。

「我們該走了，骸！」蓓麗卡叫道。

骸烈格轉身一笑，跳上菌格造出的一艘菌絲浮空帆艇，眾人已經在那裡等他。

無論未來會遇到多少困難。

但願呼喚核魔龍的那一天，永遠不會到來。

THE END

第二屆・入圍
〈夢騎士〉

迷雅

作者簡介／迷雅

本名劉靜嫻。中國文化大學經濟系畢業。

大江大海與土生土長的第二代。小時候喜歡聽故事，聽爸爸用標準京片子回憶離散的人生故事，聽媽媽國語夾雜台語憑記憶隨意篡改的童話故事；長大了喜歡説故事也試著寫故事，讓文字和語言像魚線串起珍珠一般拉起成串的故事。

作品〈飄進大山的粽香〉，曾獲聯合報愛的行動文學獎小品文佳作。

夢

「不許動！」

即使下個月就滿一百一十一歲了，夢老依然聲如洪鐘。

迷雅一直懷疑夢老有第二雙眼睛，只是她看不見。否則為什麼每次閉著眼睛，他還是能發現她偷偷伸出的手？

「夢」就在眼前。

迷雅從小就盼望能有自己的「夢」，每個精靈的「夢」都是眼睛的顏色，她的會是大海的藍。

迷雅慢慢貼近夢老的「夢」，藍光在她臉上跳動。只要再忍一個月，這個「夢」就是她的了。

夢的國度

每個來到「造夢國」的人，都會以為自己在做夢。

你無法預料自己會看到什麼。上一秒還置身開滿紅薔薇的皇宮，羽毛閃著月光的水鳥低飲銀色噴泉，下一秒卻讓人以為誤闖鬼影森林，踩著松針的嘶嘶聲，像異鬼的呼吸；一切都要看「夢之城」的心情。

「造夢國」裡住著「夢精靈」，一個精靈負責一個人類的夢。每天晚上人類睡著後，就是夢精靈的工作時間。

每個夢精靈都有自己專屬的「夢」，那是將人類白天的思緒形成畫面，再植入大腦的機器。

到達大腦後形成的影像，就是人們每晚做的夢。

「夢」的外型類似人類的平版電腦。事實上，是人類的平版電腦抄襲了造夢國的「夢」。那是一個名叫路迪的夢精靈犯的錯誤。那晚他不小心將工作中的他輸進了「人吶」的夢中——「人吶」就是人類，夢精靈一般這麼稱呼他們——很快的人類世界就出現了和「夢」一樣的機器。

這在造夢國是很嚴重的錯誤，不能有任何線索讓人類察覺造夢國的存在，那有可能摧毀造夢國。所有夢精靈都要熟記的「造夢守則」第一章．第一條就是：「夢精靈不得以任何型式出現於人類夢中，違者處以禁閉黑穴屋。」

還好領夢人艾莎女士念在路迪是初犯，加上夢老替他求情，路迪的懲罰才改成替某個人類國家元首造夢；這懲罰也不輕，畢竟這種人早就失去做夢的能力了。

不過話說回來，路迪會犯這個錯也不能怪他，那天他實在太累了，連晚餐的蘋果都只咬了一口。

英雄

英雄的家在一座小島南端的小漁村。那是個溫暖的地方，一年四季海風吹拂。

在英雄的村庄，人人稱他「神駒騎士」。

昨天夜裡，他才騎著神駒，橫越燃燒七彩火焰的日不落沙漠，將從鷹嘴女妖手中搶回的小男嬰，交回卓蘭阿姨手中。鷹嘴女妖不算什麼，只是途經餓鬼森林時差點遭到獨眼狐狸的暗算，還好他將毒蘋果吃下肚前看穿了牠的詭計！

不過一切辛苦都值得！卓蘭阿姨送的藍莓果醬蛋糕剛好讓他過十一歲生日，卓蘭家祖傳的果醬可不是人人都吃得到的！

這些都是英雄的幻想。

現實生活中他只是個平凡的五年級男孩，長相平凡、身高平凡、成績更平凡。白日夢是他唯一的專長。

不過還好平凡的一切就快要不平凡了。下個月生日，他會許願成為英勇的騎士，騎著神駒勇闖天下。

如果他真的能有藍莓果醬蛋糕的話。

迷雅

迷雅生下來臉上就有八顆芝麻大小的痣，讓她老是擔心鴿子會趁她睡著時啄食她的臉。雖然如此，她還是很愛她的痣，她幻想它們是迷路的星星，找不到回家的路，於是在她的臉上停留。

迷雅有一頭紅色長髮，可惜不是迷人的那種。火紅色亂髮如葡萄藤蔓捲曲，烏鴉食落的種子纏陷其中，讓她的頭髮總是一團糟。下個月就滿十一歲了，迷雅希望自己看起來能像個值得信任的夢精靈。

迷雅最快樂的事，就是坐在夢老身邊，看著英雄的白日夢。

夢老是英雄的夢精靈。白天，夢老透過「夢」知道英雄腦子裡在想什麼，然後決定晚上讓他做什麼樣的夢。不過大部分的時間夢老都在打瞌睡，他對英雄的腦子興趣缺缺。至於晚上，英雄通常會夢到自己變成一隻魚或一棵樹。按照夢老的說法，他在白天都夢完了，晚上該休息了！

迷雅常跟夢老抗議。「相似夢境不宜多次重複，避免人類因重複的夢境而產生求神卜掛、問仙解夢等荒誕行為。」迷雅甚至搬出「造夢守則」想給夢老壓力。

只是再過一個月，夢老的造夢年資就滿一百年了，那些繁文縟節，他才不在意。

還好，等迷雅滿十一歲，英雄的夢就會由她接手。到時候她就要煩惱，如何讓愛做白日夢的英雄不會嫌她的夢太無聊。

不過在此之前，她必須先煩惱另一件事。

夢的大會考

如果不是因為眼前的考卷，迷雅還以為自己置身沙漠。

今天是六月的最後一天。每年這一天，年滿十一歲的夢精靈都會聚集在一起，面對一年一度的大會考。通過大會考，他們就能擁有自己的「夢」，成為真正的夢精靈。

問題是夢之城才不管什麼大會考！照樣隨著自己的心情變化。最近它迷上足球，於是所有的精靈考生不得不在大太陽下的美式足球場裡，揮汗如雨的面對他們精靈生涯中最重要的考試。

「根據「夢與人類行為」一書，試分析，當夢與現實出現分歧時，人類大腦的思考模式及其對應行為為何？」迷雅努力想分清楚，讓她頭暈目眩的，是頭上的太陽還是眼前考題？

她忍不住偷瞄身邊的魚兒。同樣滿頭大汗，魚兒手上的筆卻速度飛快，彷彿腦袋裡的字會咬人，得快點把它們放出來。

魚兒是迷雅最好的朋友，年年當選模範小精靈。她淡金色長髮如雲朵般柔軟，粉紅的眼睛像棉花糖，人人都喜歡。

「快寫啦！時間要到了！」魚兒發現迷雅盯著她，忍不住皺眉。

「喔！好啦！」迷雅嚇了一跳，臉都紅了。

魚兒和迷雅急著將注意力放回考卷上，沒注意到有人靠近。

「妳們兩個，把考場當下午茶餐廳了嗎？」

「艾莎女士！」她們同時發出慘叫。

站在兩個女孩面前的，是一個如海象般壯碩的女人，身上包覆層層脂肪，活像一個雙層奶油大蛋糕。

艾莎女士是造夢國的最高管理者，也就是「領夢人」。造夢國裡所有的一切都必須服從領夢人的指示。此刻，艾莎女士瞪著她們——那雙黑眼睛總是讓迷雅想到佩琪小姐不小心燒焦的黑莓醬——迷雅和魚兒等著大禍臨頭。

突然一陣劇烈搖晃。

精靈們腳下的足球場像久旱無雨的田地，開始崩裂。

「太好了！夢之城要變身了。」迷雅開心大喊。

趁著所有精靈考生放聲尖叫、艾莎女士大聲咒罵「可惡！坐好！」的同時，魚兒和迷雅趕緊交出考卷，溜出考場。然後接受艾莎女士的好心建議，準備了香草蛋糕和蜂蜜貝果，來個下午茶。

牛郎與織女、人魚與夜明珠

「古人為了方便辨認星星，將相鄰的星星想像成各種人物、動物或器具後加以命名，這就是星座的起源……」自然老師的嘴一張一合，讓英雄想到餐桌前魚缸裡的那隻凸眼金魚。

「春季的星空，我們可以看到獅子座，往北方能看到北斗七星；在夏季的星空，可以看到牛郎……」英雄望著手中的星座盤，自然老師的嘴一張一合、一張一合……

炎炎夏日，蟬鳴如織。

騎士騎著神駒在森林中前行，森林裡總是有人需要拯救。

太陽拼命燃燒。騎士又熱又渴的走了好久，終於看見前方有個低矮平房，茅草屋頂看起來岌岌可危。

「也許可以要杯水喝。」騎士心想。

「請問有人嗎？」騎士敲著門。

過了一會兒，門開了。年久失修的木門發出嘎嘎聲響。門後站了一個男人。皮膚乾枯，眼球深陷眼窩，亂糟糟的頭髮有如乾枯的雜草堆，衣服像破爛的樹皮。男人疲憊地眨眨眼，眼裡充滿血絲。

「我以為是她……」如果不是他開口說話，騎士還以為自己見鬼了！

「那天，她和你一樣，敲門跟我要水喝……」那人自顧自的說了起來……

變成這副鬼樣子之前，我本來是個牧牛郎。

我有頭老水牛，皮毛斑駁脫落，像流浪旅人肩上蟲蛀鼠咬的皮襖，牛角如致富農人棄置倉庫多年的鐮刀，眼睛是柴油燃盡的燈，早已不再明亮。

村子裡的小麥和玉米已經收割，葡萄藤上的白葡萄也已經釀成甜酒。妻子們為丈夫納新鞋底、為孩兒縫新衣。家家戶戶揉著湯圓，幸福隨著炊煙滿溢。

只有我，始終只有老水牛。

我以為幸福就像夏日遺忘冬雪，早已忘了我的存在。

直到那一天。

那天，和往常一樣的夏日，蟬聲嗚嗚。

我餵飽了我的老水牛，流著汗回到家中。一如既往，空盪盪的房屋，一眼見底的茶杯。我用衣袖擦擦汗，為自己倒上一杯水。

和往常不一樣，那天屋外傳來了敲門聲。

我打開門。以為看到了下凡的仙女。

她的皮膚像春日湖畔盛開的水仙，披在身後的長髮黑得讓旅人迷蹤，眼睛是天上的星辰。

「可以給我一杯水嗎？」我聽到了空谷絲雀的呢喃。

很快地，我們相愛了。

白天，我牧牛，她織衣。夜晚，螢火蟲舞著星光，陪伴我們相擁入眠。

終於我，不再只有我的老水牛。

我以為幸福就像白天與黑夜，永遠交替沒有結束。

直到那一天。

那一天，和往常一樣的夏日，紡織娘唧唧。

我洗淨了我的老水牛，流著汗回到家中。一如既往，她為我遞上洗淨的棉布和桂花露。經過了歲月，她的手不再光滑如絲。

和往常不一樣，那天她沒有用粗棉布為我擦去汗水，而是用美麗的眼睛看著我，眼睛裡的悲傷，巨石看了都要心碎！

「我本是天上的織女星，因為犯了錯，來到人間受罰。」她說，用泣血杜鵑的聲音。「我不該愛上你，但是愛情如此甜美，像秋天紅透了的蘋果，讓人無法抗拒。現在時間到了，我必須回到天上，再度成為一顆星星。」她流下的淚晶亮如刀，插進我的心臟。

原來，她真的是仙女下凡。

織女走了。那天之後，我不再抬頭看星空。

當騎士像蟄伏的狐狸，一動不動地聽著牛郎說完故事時，星星已經悄悄爬滿夜空。在美麗的星空下，要忍住悲奮的情緒太困難了！騎士拉住牧牛郎，轉身走向屋外。

屋外的馬兒發出嘶嘶嗚叫聲，朦朦月光下白色形體的輪廓慢慢清晰起來。牛郎揉了揉佈滿血絲的雙眼，看著馬兒原本肩胛骨的部位慢慢往外延伸，上面覆滿奶油色的羽毛，展開成了巨大的翅膀。長了翅膀的神駒甩動杏色的尾巴，黑色鼻翼不時噴著氣，像是早已經等得不耐煩了。

騎士露出得意的笑容。「來吧！我們去把織女搶回來！」他輕拍馬背，神駒輕輕抖動奶油色的新翅膀，揚起一陣白羽與塵沙，沒入夜色之中。

眼前的景象讓騎士與牛郎目瞪口呆。

巨大的圓頂城堡巍然聳立，居高臨下的俯瞰著，雲霧纏繞間，高塔連綿無邊；所有的一切都被白色包圍，光線眩目純潔。

騎士與牛郎沿著大理石台階往上走，經過滿佈星光的拱頂，抵達神殿。神殿中央，聖母娘娘端坐雲中。眉心紅點閃爍，光線從頭髮、額頭、雙頰流洩而出，身邊站著二隻丹頂仙鶴，身後圍繞著七仙女，個個美若天仙。

「尊敬的聖母，我為妻子織女而來，求您成全我們相愛的真心，讓她跟我回家。」牛郎泛著淚光。

「人神相戀罪無可赦，」聖母開口，聲音彷彿從心靈抵達而非耳朵。「不過念在你一片真情，有勇氣闖天庭，我可以給你們一個將功抵過的機會。」

「什麼機會？」牛郎迫不及待的問。

「龍王偷走了夜明珠，」說話的是左邊那隻丹頂鶴，低沉的聲音如迴盪風中的晚鐘。「如果你們能夠取回來，織女就可以回到凡間。」右邊那隻接著說，聲音清脆響亮，讓牛郎想到老水牛脖子上叮叮噹噹的牛鈴。

「夜明珠由深海幽靈巨蚌保管，」聖母輕聲說，「牠們在海底最深最深的黝暗海溝。天亮之前將它帶天庭，織女就可以變為凡人再次成為你的妻子。否則，你也將和織女一樣，變成天上的星星。」

騎士與牛郎不斷地往最深最深的海底深處游，幾乎深達地心。途中差點被一隻張著綠鰓的海河童用牠尖利的手指叉出眼珠，海河童喜歡用眼珠串成項鍊，在出嫁時戴上。

終於他們抵達黝暗海溝。穿過層層魔王巨藻，找到了幽靈巨蚌。幽靈巨蚌灰色蚌殼厚重堅硬如岩，上面長滿了黏答答的青苔和水草，碎石般的藤壺殼攀附在凹凹坑坑的蚌殼表面，巨大的體型像是隱身海底的小山丘。

然而問題不在巨蚌堅硬的外殼。就算他們手中突然冒出一隻大銀斧能撬開巨蚌，也於事無補。數百成千的巨蚌，宛若綿延無盡的丘陵。

正當騎士與牛郎為眼前的龐大的巨蚌群苦惱時，身後悠悠傳來一個聲音。

「猜謎。」光聽聲音，會以為說話的是個抱著金黃色波斯貓的小女孩。

然後他們轉身看到的，卻是個不折不扣的怪物。肥厚的魚唇裡整排發黑的尖牙，又皺又小的背鰭像萎縮的人手，皮膚像長著虎斑的蟾蜍皮。下半身應該是尾鰭擺動的位置，卻長出一雙白皙的人腿，一上一下踢著水。

發出小女孩聲音的怪魚人不理會騎士和牛郎吃驚的表情，繼續說：「幽靈巨蚌最喜歡玩猜謎遊戲，只要出題目讓牠們猜，牠們就會張開蚌殼回答。」

「你怎麼會知道？」騎士問。

「這個海裡的所有一切，我都知道……」怪魚人娓娓道來。

我本是人魚國王的第六個女兒，人魚王國中最小的公主。

我的家是座落海底的美麗皇宮。

那裡的海水像藍寶石那樣藍，像水晶般透明，美得像春日溪邊浣紗少女潔淨的臉龐。海底的白砂猶如戀人的目光，閃爍著不可思議的光芒。

海底有無數珍奇珊瑚，紅珊瑚、白珊瑚、孔雀珊瑚、琉璃珊瑚，美得像彩虹，也像煙花；水草柔軟如雲，青翠如柳，隨波遙曳；色彩斑斕的魚兒像繡娘手中的銀針，穿梭來回。海底是片畫布，畫匠將世上所有的最美麗的顏色潑灑其上。

紫水晶珊瑚砌成的宮牆很高，但擋不住我的調皮；屋頂上鑲著的珍珠扇貝與我合唱時，裡面的珍珠會發出銀白色的光芒。我常常靠在玳瑁殼的窗台旁發呆。對了！我還有一座小小的花壇，裡面種著金魚草和魚水仙。

他們都說我是最漂亮的公主，比我的五個姐姐還要漂亮。我有比海還藍的眼睛，讓紅珊瑚嫉妒的紅色長髮，尾巴是閃爍的綠松石。喔！忘了告訴你們，我叫露比，美麗的紅寶石。

我有最美妙的歌喉，你們如果聽過我的歌聲，就不會在乎黃鶯了。我還會跳舞，海豚會來找我，和我們擺動美麗尾鰭時揚起的貝殼砂共舞。

我最喜歡聽老海龜說故事。我會坐在老海龜涼涼的殼上聽他說著好久好久以前，人魚公主的故事。單純善良的人魚公主，為了心愛的王子，用如絲綢般美麗的聲音，與章魚女巫烏拉交換人類雙腿。可是王子卻娶了人類女孩，可憐的公主化成海上冰冷的泡沫，消失了。

「人類好可怕呀！我的小公主，人類真的好可怕。」老海龜會用它冒著泡泡咕噥咕噥的聲音一再重複。

人類真的好可怕。我一直記得老海龜的話。

直到十一歲生日那天。

那一天，老嬤嬤用紅花水草染紅了我的指甲，可愛的魚水仙插在我編織精巧的髮辮上。我換上玫瑰色的貝殼，珍珠項鍊纏繞胸前，小丑魚送來小巧的珊瑚耳環。我是海底最快樂美麗的人魚公主。

姐姐們來找我，帶來了親吻、祝福和一座大理石雕像。那是一座用潔白的大理石雕成的半身少年，隨著沉船沉到了海底。

雕像的少年潔白俊美。我將它帶回我的小花壇，為它植上一株紅垂柳。我非常喜歡這座雕像。

我對他唱歌，邀他共舞，但他總是一動不動，安靜的像岩石。我想聽他說話，他的聲音一定清脆如浪花；我想看他的眼睛，他的目光一定溫柔像月光。我渴望觸碰他的肌膚和髮絲，冰冷的大理石已經滿足不了我。

我想起老海龜的故事。但忘了它一再重複的那句話，只想起章魚女巫烏拉。

我來到比海底最深最深的地方還深的黝暗海溝，幾乎深到了地心。那裡沒有白砂，遍地的死珊瑚間泥漿咕噥咕噥地冒著泡。我在白骨堆疊的塔樓找到了女巫烏拉。她紫色的皮膚發出詭異的光，眼神銳利瘋狂，鮮紅色的嘴像是沾染了某種生物的血，腰部以下八隻黑色章魚足如毒藤蔓般糾結纏繞。

「人魚小女孩，是什麼讓妳有足夠的勇氣來到我這裡？」她嘴裡吐出的聲音低沉闇啞，像土石滾落山崖。

「我……我想跟妳交換……人類的雙腿。」我顫抖如隆冬的小鹿。

女巫瘋狂的眼睛看著我，「又一個愛上人類的傻女孩。告訴我，妳拿什麼跟我交換？」她說。

「我有美妙的歌聲、動人的舞姿，還有扇貝送我的珍珠項鍊……」我的聲音小到自己都聽不見。

「哈哈哈哈，」女巫發出刺耳的笑聲，聽起來像魚妖臨死前發出的尖嘯。「我已經有了人魚公主的聲音，我的八隻腿不需要跳舞，而我擁有滿海坑的珍珠。」

「那妳要什麼？只要給我人類的雙腿，我什麼都願意交換。」

女巫的雙眼突然像鰻魚翻滾跳動的身體，閃閃發光。她說：「靈魂，我要最純潔的人類靈魂。」

「什麼是最純潔的人類靈魂？」

「人類的靈魂藏在眼睛裡，」女巫說。「找到妳一雙可以一眼看穿的眼睛，在下次月圓之前，把他的靈魂帶回來給我。」

女巫遞給我兩個銀色玻璃瓶。一瓶裝有能給我雙腿的藥水，一瓶我必須裝進人類靈魂交給她。

「在此之前，用妳美麗的名字做抵押。」章魚女巫朝我揚起她的八隻黑色巨足，說：「我想妳不希望永遠被遺忘。」

我得到了夢寐以求的雙腿。然而，這只是故事的開頭，不是結尾。

剛開始，我不熟悉人類的雙腿，每一步都顫抖如初生的小馬。太陽刺痛我沒有海水保護的皮膚，空氣灼燒我從未使用過的肺。但是，人類的花花世界很快讓我忘了疼痛。

人類的世界真美呀！層層疊疊的翠綠山峰、太陽下山前玫瑰色的天空、落花染紅的絲柏小徑、還有閃爍星光的藍色夜空。

而且，跟這些美景一樣，人類美好又善良。

男人們為我送來鼠尾草色的乾淨棉衣，女人們為我帶來圓乳酪麵包和薄荷甜茶，孩子們與我分享的楊桃又大又甜。他們歡迎我，就像水仙嫩芽歡迎春天。

我參加他們的聚會，吃著炸魚、歡笑談天；我從不缺席慶祝祭典，我會換上繫有紅絲帶的洋裝和他們旋轉、舞蹈、讚美天。日子如此快樂歡愉。我甚至要相信，陸地上的生活比海底更美妙。

快樂的日子一直持續到我取下項鍊上的最後一顆珍珠。

從此以後，再也沒人為我送來棉衣、楊桃和麵包。人們開始關上他們的大門，彷彿我是前來收取他們性命的死神。原來，他們歡迎的是我的珍珠項鍊、珊瑚耳環和看似的富有。

我開始惶恐，想起女巫要的靈魂。我開始尋找、注意人們的每一雙眼睛後，才發現，根本沒有人類擁有最純潔的靈魂。

漁夫的眼睛盯著另一艘漁獲更為滿載的漁船，農婦心裡惦念著那顆最大的馬鈴薯，孩子挑呀選呀哪一串葡萄最鮮甜多汁，牧師希望得到救贖，僧侶渴望得道成仙；連剛出生的嬰孩都知道要緊咬母親的乳頭。每一雙看似善良單純的眼睛裡都藏著慾望、貪婪或自私。最純潔的靈魂根本不存在。

為了讓我能將靈魂交給她，女巫烏拉允許我在有月光的夜裡，碰到海水就能變回人魚。

那一晚，月光皎皎，我聽到了海水的呼喚。我用人類的雙腿躍入海中，海水輕撫我的雙腿，溫柔如戀人的手。我的雙腿慢慢合而為一，閃著綠光的魚鱗片片覆過杏色的皮膚，腳掌上的十隻指頭展成魚鰭。我忘情地在海裡翻滾跳躍，任由綠松石的鰭鱗在銀色月光下閃閃發光，沒注意到岸上有個人，發現了我綠色尾鰭的祕密。

當我用滴著海水的人類雙腿回到岸上時，海盜的兒子就站在那裡。

「你是人魚？」他開口，聲音像海風吹動鼓鼓作響的帆。看著他銀狐色的眼睛，我看到了我的白色大理石雕像。

我無法拒絕我的雕像。我告訴了他人魚的祕密和所有的一切。

他也向我訴說他的。他是海盜的兒子，他愛大海的波濤洶湧、他愛大海的浪起潮落、他愛大海平靜如鏡、他愛大海變幻莫測。他愛海風、浪花、沙灘。他愛大海，他就是大海。

大海愛人魚、人魚愛大海；我們也一樣。

在浪花拍打的岩石上，他傾聽老海龜告訴我的故事；在閃著貝殼光芒的沙灘，我為他的海上奇幻冒險著迷。他教我操作船舵、我告訴他哪種海草嚐起來有肉桂捲的味道。他為我堆起美麗的沙堡，我的吻像漲潮的海水包圍住他。

我喝下玻璃瓶中的藥水，用人類的腿找到了我的大理石雕像，可是另一只玻璃瓶裡還沒裝進女巫烏拉要的靈魂，而今晚月亮就要圓了。

那一天，海盜的兒子告訴我，他從先知那裡得知，在星山之巔，最接近星星的山頭，住著星星的子民，他們擁有世界上最純潔的靈魂。於是我們出發了。

我的人類雙腿沒有走過那麼遠的路，爬過那麼高的山，到達星山之巔時我踩的每一步都像有狼牙撕扯著我的小腿，但我還是抵達了。

星星近在眼前。滿坑滿谷的星星，白熾的星光多到足夠我一輩子揮霍。但只有星星，沒有人。沒有星星的子民和他們最純潔的靈魂。

「這裡沒有人呀？」我問道。

回答我的是冰冷的匕首。海盜的兒子拿出銀製匕首，抵在我的脖子上。金屬刀身冰冰涼涼，像溶在薄荷酒裡的冰塊。

「的確沒有人，」他的聲音比匕首還冰冷。

海盜的兒子用銀狐色的眼睛看著我，說：「在我的匕首割穿妳天鵝絨般美麗的頸子前，我就告訴妳為什麼。」

他告訴我，海盜有個古老的傳說，在月圓的夜裡，最靠近星星的地方，喝下人魚的血，就能成為海的主人，擁有操控大海的能力。

愛情如沙堡般美麗，卻輕易就傾毀。我絕望地伸出手，希望能捉住什麼。我將手壓進黑色的天空，天空摸起來軟軟涼涼，像手指劃過流動的水。然後，我真的捉到了！

像勾上魚唇的釣鉤，星星將我向上拉，拉開了我的脖子和匕首之間的距離。星星的光芒讓我無法睜開眼，黑暗中我聽到物體滾落山崖和人類尖叫的聲音。

「我回到了海底，但所有人都忘了我，」本來是公主的魚人說，聲音蒼白暈眩。「再也沒有露比公主，只有黝暗海溝裡的一隻怪魚人。」

騎士和牛郎沉浸在魚人哀傷的故事中，差點忘了來到黝暗海溝的目的。

「不過，我知道你們為了星星而來。星星救了我，我現在要幫助你們救回星星。快點！我們來出謎題給笨蛤蜊猜。」怪魚人露出黑色尖牙，笑著說。

「我來出第一題，」騎士回過神，吸吸他的哭鼻子說：「嗯……請問，大象的左耳朵像什麼？」

「扇貝殼！」

「芭蕉葉！」

巨蚌們爭先恐後地回答。張開的蚌殼露出肥厚的青灰色蚌肉，波浪狀的蚌肉唇隨著海流發出啪答啪答的聲音。

「哈哈哈～都不對！」騎士笑得快喘不過氣，「是大象的右耳啦！」

「喔～」巨蚌們發出失望的聲音。

「換我！換我！」怪魚人雀躍的說，差點要用她人類的雙腿站起來跳。「猜猜什麼東西有五個頭，卻不會很奇怪？」

「畸形的章魚腳嗎？」

「五尾狐！」

「哪有五尾狐，是九尾狐啦！蠢死了。」

「猜不出來呀！」

「猜不出來吧～」怪魚人得意的抬起她慘白的人類腿，動了動上面的五隻腳指頭，開心地說：「這個啦～哈哈哈！」

「輪到我了，」像是經過深思熟慮，牛郎緩緩開口：「有誰知道，為什麼把一隻雞和一隻鵝同時放在冰山上，雞凍死了，鵝卻沒有？」

「那隻鵝不怕冷！」

「鵝有穿毛衣？」

「因為那是企鵝。」蚌肉蕾絲般的肉唇好像在竊笑。

「啊！答……答對了～」牛郎羞紅了臉，像抱了滿懷珠寶被逮個正著的小偷。

「吼～」怪魚人和騎士發出遺憾的嘆息。

猜謎遊戲持續著，卻遲遲不見含著夜明珠的巨蚌開口，而天快要亮了。

輪到騎士出題，但他已經把所有的問題全都問完了。「快想呀！」騎士催促自己，急得滿頭是汗。

「有了！請問，這個海底世界裡，誰最美麗？」話才出口，騎士就後悔了，巨蚌又不是魔鏡！

就在騎士搔頭懊惱、牛郎翻白眼、怪魚人笑到翻出魚肚白的時候，有個幽靈巨蚌緩緩開口。

「是露比公主。」巨蚌發出夢一般的聲音。在它開口的瞬間，整個陰暗海溝剎時亮了起來，黃金色的光芒從牠的蚌貝間湧出，像是太陽掉進了海底，流動的海水變成金黃色的光。

「夜明珠！」騎士大喊。

夜明珠在巨蚌厚厚的乳白色蚌肉上閃閃發光，猶如在珠寶盒裡絲絨襯墊上掩不住光芒的黃金珠。

牛郎動作飛快，像羚羊跳山崖般跳過一顆顆灰色巨蚌，俯身躍進含著夜明珠的蚌殼內。就在牛郎拾起夜明珠，準備轉身爬出蚌身時，巨蚌開始闔上它的蚌殼。眼看巨大的蚌殼就要將自己吞沒，牛郎奮力往外一跳。

巨蚌咬住牛郎的腳踝，發出類似花瓶破碎的聲音。他應聲跌在另一顆巨蚌礦石般的堅硬外殼上，又是一聲清脆，肋骨「喀」的斷裂了。

騎士趕緊衝向前去，將淌滿鮮血的牛郎救出來。等騎士將攤軟的牛郎放置在沙地上時，發現怪魚人不見了。在他身邊的，是一個藍眼紅髮、綠色尾巴的人魚公主。

「原來還有人記得我。」人魚公主說，聲音如囈語呢喃。「我的魔咒解除了，你們快回天庭救織女星，天就要亮了！」

騎士抱著夜明珠和身受重傷的牛郎，騎上神駒，衝出海平面，朝漸漸泛白的天際飛去。

「撐住！就快到了！」看著即將冒出地平線的太陽，騎士說。

「來不及了，天亮了！」騎士身後傳來微弱的聲音，牛郎咬著牙說：「而且我的傷太重了。」

「不會的，堅持下去！」騎士踢踢神駒的肚子，希望自己也長出一對翅膀。

「其實，能和織女變成星星，也是一件幸福的事。」牛郎說，聲音輕得像煙。他漸漸鬆開手，墜入一片天光白霧之中。

騎士回過頭，牛郎墜落的地方和東方的天空，同時亮了。

「英雄！英雄！吳英雄！」

英雄嚇得從座位上跳起來。滿屋子的哄堂大笑。

「又做白日夢！」自然老師的臉貼在英雄面前。

像是等著英雄出糗，自然老師挑了挑眉，說：「回答我，夏日的夜空，可以看到什麼星座的星星？」

「織……織女星。」忘了已經回到現實，還想著剛才的白日夢，英雄懊悔著。

「還有呢？」老師的聲音提高了八度，看來他並不想放過英雄。

「還…還有……」英雄想起牛郎墜落時亮起的星星。「還有牛郎星！」英雄眼睛一亮，開心喊道。

「嗯…答對。」自然老師面色微慍，轉身跺步走回講台。「下課！」

造夢國裡

是個曬棉被的好天氣。

可惜夢之城決定要環遊銀河系，所以現在屋外正處於無重力狀態，一切都飄浮在半空中。

於是迷雅和魚兒只好躲在佩琪小姐的小廚房裡，陪她研究新食譜。值得開心的是，佩琪小姐今天烤了迷雅最愛的焦糖派，慶祝她們通過大會考。

迷雅和魚兒正式成為夢精夢靈了！從現在起，她們就有屬於自己的「人吶」，每天晚上給他們一個香甜的夢。

迷雅的「人吶」是一個叫吳英雄的十一歲小男孩，成績很差，整天做著白日夢。而魚兒的，是一個叫凱特的時髦上班女郎，金髮碧眼、雙腿修長。凱特讓魚兒十分驕傲，這不，魚兒正盯著她閃著粉紅光芒的「夢」，看著開會中的凱特，腦中想著要找什麼藉口溜出去，她一定要搶到那雙限量高跟鞋。

魚兒一直是個超級模範精靈，「造夢守則」她背得滾瓜爛熟，而且不忘時刻提醒大家。就連現在，佩琪小姐揉著派皮、迷雅切蘋果丁的同時，她也不放過。

「妳們很不聽話耶！造夢守則不是規定，白天需每一至二小時觀測一次「人吶」的大腦，每次至少十五分鐘，」魚兒滔滔不絕，像是不把字吐出來它們會咬她的舌頭。「看看妳們都在做什麼？」魚兒翻了翻白眼。

迷雅與佩琪小姐對看了一眼，佩琪小姐向迷雅眨眨李子色的眼睛，給她一個「妳懂的」的微笑。

事實上，在造夢國，所有的老手精靈對他們的「人吶」都瞭若指掌。就拿佩琪小姐的麥先生來說好了，麥先生是個鍋具銷售員，他的工作就是挨家挨戶去表演他的鍋子有多神奇。麥先生每天腦中想的，不是賣了幾個鍋子，就是還有幾個鍋子要賣。所以佩琪小姐白天要忙的，不是盯著他的大腦，而是研究各種食譜，送進他夢裡，希望能幫助麥先生提高業績。

就在魚兒持續背頌造夢守則，佩琪小姐將刷好蛋液的派皮送進烤箱，迷雅攪動鍋子裡的焦糖時，門口突然傳來一陣乒乒乓乓、伴隨物體摔落地面的撞擊聲。

突如其來的巨響把三個人都嚇了一跳，轉頭望向聲響的來源。

「吼～班！」三人約好似的。只是魚兒的聲音聽不出責怪，反而甜得像蜜。

「又來了！」迷雅忍不住補上白眼。

班栽倒在地上。薰衣草色的頭髮凌亂、雙腿不停發抖，看得出來費了一番功夫才讓雙腳著地。

「我……一直飄在空中……下不來……」班喘得像剛與獵豹賽跑回來。

「來，快坐下。」佩琪小姐為班倒了杯甜瓜汁，順手拿下卡在他亂髮上的樹葉。

「你來做什麼？」迷雅對班向來沒好氣，像是剛剛發現他偷吃了她的布丁。

「來慶祝我們通過大會考嗎？」魚兒的雙頰泛起紅暈。魚兒五歲時就發誓要嫁給當時六歲的班，她從沒見過比班更帥的夢精靈。

「嗯…對呀，」班漲紅著臉，從身後拿出一把小雛菊。「這個，送給妳……」班用琥珀色的眼睛看向迷雅，迷雅又一個白眼；然後瞄到魚兒伸出的手，他吞了口口水，說「妳們～」

魚兒接下那束只剩幾片歪歪斜斜的花瓣掛在蕊心上的雛菊，開心得像收到求婚鑽戒。迷雅實在搞不懂收到那束像被牛踩過的花有什麼值得開心？

迷雅、魚兒和班窩在佩琪阿姨柔軟的拼布沙發裡，吃了好多的焦糖派、奶油泡芙和檸檬雪寶，又喝光了一大壺水果冰茶，直到肚子再也塞不下任何東西，才抱起他們的「夢」，一臉滿足的往「夢工廠」走去。

夢工廠是每晚夢精靈上班的地方，人類美夢的發源地。

迷雅是第一天上班，她早已想好了要給英雄一個特別的夢。她等不及要看英雄睡醒，發現夢裡不再是一棵樹時，會是什麼表情？

狼面少女與食心女巫

夢精靈不能出現在人類的夢裡，任何形式都不行。就像星星知道要發光，每個夢精靈都知道這點，包括迷雅。

只是就像孩子們等著身高超過那一條線就要坐上旋轉木馬一樣，迷雅一直渴望加入英雄的夢，那一定好好玩！

「不出現臉，應該不會被發現吧？」迷雅掙扎著。像是飢餓的老鼠，明知乳酪在籠子裡，還是忍不住想吃。

「一次就好！」迷雅暗自發誓。

迷雅緊張地四處張望。確定沒人注意之後，她開始了英雄的第一個夢。

太陽總是生氣勃勃。

動物們都躲起來避暑了，只剩騎士和神駒揮汗緩步前行。沒辦法，森林裡不會因為天氣熱就沒有人需要拯救。

四周一片寂靜。騎士開始覺得無聊了，該不會今天最刺激的事就是吃了幾顆酸得要命的野梅吧！

突然騎士發現前方有個倒在地上的少女，看起來似乎是昏過去了。他輕巧地跳下馬，快步跑到女孩身邊。

罩著紅斗篷的女孩，側身躺在灌木叢中，腳踝上有個鋸齒狀的傷口，傷口上凝結的血塊和泥土、落葉黏在一起，流出的血滲進泥巴裡，漫成一片腥紅色的土壤。

「醒醒呀！」騎士輕推少女的肩膀。

「該不會死了吧？」騎士憂心忡忡，他將少女翻過身來，想確定她還有沒有呼吸；當他看見少女紅色帽兜下的臉，不禁倒吸一口氣。

眼前倒臥血泊的女孩，有著美麗少女的身體，卻長了顆大大的狼頭。深紅色的皮毛豐厚濃密，如火焰燎過青草原。

騎士將狼面少女抱到小溪邊，小心翼翼地洗淨她的傷口，將溪水慢慢從她白森森的尖牙縫間送入口中。就在騎士煩惱著如何讓她醒過來時，有個小東西邊跑邊跳的來到他身邊。

「挪～用這個。」

跟騎士說話的，是隻長了鴨嘴的白色小狐狸，黃黃扁扁的小鴨嘴在牠聰明的狐狸臉上顯得很滑稽。

鴨嘴狐狸懷中抱了一堆枯枝。「這是冬月草！很好用喔，」牠將手中的枯草推向騎士，說：「外服內用兩相宜喔！」

狐狸和騎士將曬乾的冬月草用溪水浸泡柔軟後搗碎，敷在狼面少女的傷口上，少女微微顫動，像無法承受重量而抖落積雪的松枝。他們合力將狼女的嘴扳開，努力不去看她如彎刀般的利牙，將冬月草汁灌入她的喉嚨。

狼面少女漸漸甦醒過來，眼睛如藍色花苞在陽光下緩緩盛開。

「你們是誰？」少女的聲音如流星劃破如絲的夜。

「你好，我是狐狸。」狐狸伸手拿下頭上的隱形禮帽，朝狼面少女深深一鞠躬，像準備開始表演的魔術師。

「我是神駒騎士，妳叫什麼名字？」騎士看著狼少女光潔明亮的藍眼睛，問道。

「她都叫我小狼。」少女說，剛剛甦醒的聲音像朦朧的月亮。

「這個名字很適合妳呀。」騎士說。

少女嘆了一口氣，接著說：「但其實我不知道我真正的名字……」

他們還來不及幫我取名字。

我的父親是個樵夫，靠砍伐森林裡的白橡樹為生。他溫暖而善良，像加了奶油的馬鈴薯濃湯。他深愛他美麗的妻子，他們知足而幸福。

唯一的遺憾是沒有孩子，他們多麼渴望擁有自己的孩子呀！如詩人渴望擁有月亮。他們日夜向上天祈求。終於上天聽到他們虔誠的聲音，給了他們一個天使般的孩子。

我出生的那天，月亮圓得像顆南洋珠。

他們先看到我藍色的眼睛。那是他們見過最美的眼睛，溫柔的藍光像是月光下的白雪。然後他們注意到我臉上的八顆痣。爸爸伸出指節如樹瘤的手指，指著我左眼下方最大那顆：「好像北極星。」他對著媽媽說。

媽媽笑了，從白晝到黑夜，從黑夜到白晝，漫長的生產，她以為自己就要像銀斧下的柴火般被劈成兩半，沒想到還能對著我笑。

只是笑容維持的時間不長，他們很快發現，我的頭髮不是因為沾染了母親的血，它的紅來自它自己，根深蒂固。

爸爸媽媽嚇壞了！他們拿了把剪刀，想剪去我的紅頭髮。只可惜，我火紅的頭髮像是受到雨水滋潤的新春綠芽，掙扎著冒出頭。一切都是徒勞。

他們如此害怕是有原因的。

我族的人擁有世上最黑的頭髮，他們的頭髮黑如子夜、黑若無瞳。不論男人或女人、兒童或嬰孩，甚至老人，都是一頭如墨的黑髮。

除了黑，其他的髮色都不被祝福。灰色是怯懦，遭人唾棄；棕色是貪婪，令人鄙視；金色愚蠢、綠色傲慢、紫色代表不忠誠；黃頭髮的人心毒如蛇蠍、銀頭髮的人帶有殘缺的基因，會生下沒有五官的小孩。但最令族人聞之喪膽的，是紅色。紅色是詛咒，紅色頭髮的人會為族人帶來巨大的災禍。

爸爸媽媽用黑色棉巾蓋住我火紅的頭髮，抱著我逃出城。

然而，月圓之夜，樵夫的妻子生了個紅髮女嬰的消息，已經悄悄傳了出去。

躲在窗外偷看的，是風。風忍不住顫抖，於是對樹說、樹實在太害怕，只好告訴雲、雲真的忍不住，轉身說給花兒聽、花兒嚇壞了，找來老鼠說心事；老鼠告訴城牆、城牆告訴護城河、護城河告訴守衛兵。於是，樵夫的妻子生了個紅髮女嬰的消息，傳到了國王的耳裡。

國王帶來了整隊的士兵和所有的族人，阻斷了父母親奔逃的路。他們憤怒的要求他們將我交出來。

「紅髮女孩是詛咒，會摧毀所有，快把她交出來。」族人吶喊，手中熊熊的火炬掩蓋不住眼裡的恐懼與憤怒。

「求求你們！她是我的女兒，我的骨血，不是妖魔！求求你們看看她美麗的眼睛，放過她吧！」父親雙腿跪地，絕望地請求。

「愚蠢的樵夫，」國王開口說。他有一頭黑得令白色恐懼的長髮，聲音低沉宏亮如冬眠初醒的熊。「紅髮嬰孩是轉世的惡靈，必需燒成灰燼！快將她交出來。」

爸爸媽媽將我緊抱懷中。父親絕望地哀求，母親撕心裂肺的哭喊。然而士兵從父母的懷中搶走我，如拾起落葉一般輕而易舉。

那一夜寒風如浮冰般刺骨。正當族人將我小小的身軀綑綁在木樁之上，周圍堆滿乾柴枯枝時，她出現了。

她身上的黑色斗篷幾乎跟國王的頭髮一樣長、一樣黑。只是在斗篷左邊胸口的地方開了個腥紅色的洞，上面沾黏著粉色的殘破肉塊，本來應該是心臟的位置空無一物，活像個黑色怪物張著沒有牙的血盆大口。

「把紅髮女嬰交給我，」沒有心臟的女巫開口，用母獅在草原匍匐前進的沙沙聲說：「我用豐沛的雨水和肥沃的土壤與你們交換，再贈與你們珍貴的紫杉木。」

笨女巫用肥碩的小牛犢交換發臭的爛雞蛋，除了我的父母，誰會有異議？

於是女巫帶走了我。

某種程度而言，她算是我的母親。

雖然她不曾在柔軟的床前為我哼唱晚安曲，也不曾如母獸磨蹭小獸那般寵溺我；沒有親吻、擁抱、手牽手，沒有摸摸我的頭。但她終究把我養大了。

她沒有教給我女巫的咒語，祈雨咒、涑火咒、點石成金咒；也沒有教會我調製藥水，生男藥、回春藥、愛情靈藥，一樣也沒有。她只教會了我狩獵。

她教導我如何成為一個好的獵人。「要疾如風，」她說。靜如影、輕如羽、快如狼、柔如絲；要矯捷如野兔、沉穩如高山，最重要的是，如人類一般心狠。

她將我訓練成一個優秀的獵人，為她帶回獵物。白兔、小鹿、山羌、黑熊、野豬，任何有心臟的動物。

她將這些獵物的鮮肉和皮毛如蘋果核般丟棄。果肉是心臟，她只吃牠們的心臟。挖出的心臟是一團沾滿血的溫熱肉塊，她會在滿月的夜裡吃下它，大部分的時候那些血淋淋的肉塊還在跳動。吃下的心臟可以在她空洞的左胸腔跳動到下一次滿月，然後我必須為她帶回下一顆心臟。

某一個月圓夜，食心女巫告訴我，那天是我十一歲生日，她要送我一個禮物。

銀色月光下，她冰冷的手撫摸過我的臉。那是她第一次撫摸我，雖然手冷得像屍體，我仍然感覺到溫暖。我差一點就要相信她是媽媽。

她將我領到綠色的湖水邊，湖水像春天的少女心一般泛著漣漪。就著月光，我看到湖水倒映出我的樣子。

湖水中的那張臉有著細瘦尖長的吻部，覆蓋細毛的尖耳朵，濕濕的黑鼻子，駭人的利牙，寒風吹動我火紅色的皮毛。

「恭喜妳成為真正的獵人。」食心女巫笑著對我說。那是她第一次對我笑。

「然後，我開始為她帶回人類的心臟。」狼面少女平靜的說，像故事裡的她是去市場幫媽媽買回一把青蔥。

「其……其實妳可以建議她，麻油豬心比生吃人心美味多了……」騎士心虛的摸摸自己的盔甲，衡量著銅製盔甲有沒有辦法對抗少女的狼牙。

狼女笑了笑，扶著風颳過枝葉窸窣作響的白樺木站了起來。「我要走了。」她輕聲說。

騎士驚訝地看著狼女癒合無痕的傷口，心想小狐狸的稻草也太神奇了！

「別走呀！」狐狸拉住狼女的衣角，說：「我知道有什麼辦法讓妳變回原來的樣子。」狐狸喘了口氣，「不過，在這之前，我先說說食心女巫為什麼會變成食心女巫。」

食心女巫本來不是食心女巫。她本來有一顆完美的心臟，在她梔子花般潔白的胸腔下愉悅地跳動，就像在月光下的鵝卵石間跳躍的翡翠蛙。

她本來是個女皇。

她的王國位於終年覆雪的北國山頭，古老堅硬的積雪冰封了所有上山的路，雪地裡累積萬年的光芒足以刺瞎人們的雙眼。但這些什麼也抵擋不住，每天都有面貌俊美的王子、擁有琥珀色皮膚的年輕人、揮土成金的術士或騎著大象的神祕旅人前來，渴望得到她的芳心。

一切都是為了她驚動鬼神的美貌。

她冰色的皮膚光滑如白玉，雙頰滑潤似乳，額頭是完美的珍珠弧度。純白的長髮順著纖腰流洩而下，宛如閃著鑽石光芒的水晶杯。她的嘴很小，沾染玫瑰冰酒的嘴角如一彎新月。

他們為她獻上奇珍異獸、寶石美裳、珍饈佳釀。

藍寶石、紫玉髓、玻璃玫瑰、珍珠水仙；魚子醬、黑松露、眼淚灌溉的番紅花；純潔如新娘頭紗的獨角獸、有著黑瑪瑙眼珠的雙頭蛇、乳牛粉紅色的乳房泊泊流出蜜桃甜酒；妖精絲縫製而成的金縷衣薄如蟬翼，夜鶯盤旋在骨瓷色的天空灑下天籟。

每一天，她冰雪築成的宮牆外，擠滿一車車的珍寶，一顆顆排著隊等著奉上的真心。

「如星辰般高貴的女皇呀，我獻上月光提煉而成的精油，能讓您的髮絲如月亮般皎潔。」頭纏黑布紗巾的商人單膝下跪，只求雪國女皇用她透出琉璃彩光的眼睛看他一眼。

可惜的是她最不需要的就是這些。

這一天，在成千上萬的皇裔貴胄、布衣商旅之後，來了一個披著鬃狗皮的男人。

男人有羊一般細長的瞳孔，皮膚像是萎縮的樹皮，跟身上的鬃狗皮一樣，整個人透著腐敗的氣味，彷彿從宇宙洪荒時起，他就已經活著。

「尊貴的女皇，」男人開口，露出的牙齒斑黃斷裂。「您日日夜裡向上蒼祈求的東西，我為您帶來了。」男人揖身拱背，雙手高舉過肩。

在女皇面前的，是一顆紅蘋果，如閃耀的石榴石。

「它能讓您永生不死。」披鬃狗皮的男人說，聲音低沉沙啞猶如眼鏡蛇爬過滿地枯葉。

女皇即將出嫁的消息傳出後，不再有來自海角天際、地獄星辰的男人。

即使沒有賓客與祝福，女皇仍為鬃狗皮的男人披上霞光紡成的水晶頭紗、胸前捧著聖潔如處女的雪山蓮花。

鬃狗皮男人張開脫皮生斑的雙臂，展開準備迎接心愛女人的胸膛；然而投入他的胸膛的，是一把巧匠精雕的狼牙尖刀。染血的鬃狗皮，顏色像鐵鏽。

女皇違背了誓言，但她並不在乎。她擁有如海沙般數也數不清的財富，足以讓萬物眾生羞愧的美貌，現在還有了與星辰永世共存的能力，誓言對她而言，就像路旁乞丐臉上冒血腐爛的膿瘡，讓人噁心。

這一夜的滿月特別圓，晶亮如占卜女巫的水晶球。

女皇在紫羅蘭香的乳汁裡沐浴，在白雲絲緞中入眠。她睡得太沉，彷彿漁船投入海中的錨，一路墜往黑暗。

男人披著鐵鏽色的鬃狗皮，來到了銀白月光下，女皇床前。

他以右手探入她的左胸。她左邊的乳房盈潤飽滿，一如冬季冰雪裡海豹的豐厚脂肪。男人的手不戀棧她美麗的乳房，一路往下直至她溫熱如暖酒的心臟。

就著月光，女皇鮮紅欲滴的心臟，在男人羊的瞳孔中，如星星般跳動。

「於是她就只好吃別人的心啦。」

「如果她不喜歡麻油的味道，碳烤雞心也不錯呀！平常我……」

「閉嘴！」狼女和狐狸異口同聲。

「小狐狸，你知道怎麼讓我變回原來的樣子嗎？」狼女著急的問。

狐狸用鴨嘴理了理身上的毛，慢條斯理的說：「當然呀，」牠用後腿搔搔耳朵，「如果能有一顆自動奉上的心臟，妳身上就咒語就會解除了。」

狐狸和狼女同時看向騎士。

「剛好今晚月圓，」狼女抬頭看著天空，「是我為女巫帶回心臟的日子。」她笑著說，嘴裡露出的尖牙在月光下像閃閃發亮的狼牙彎刀。

騎士與狼女在森林裡快步走著。他們要趕在女巫心臟心跳停止之前，自願將騎士的心臟送給她。

「到了。」狼女停下腳步。

出現在騎士面前的，是一座黑色的高塔。塔尖旁烏雲遮蔽月亮，塔身爬滿毒藤蔓和刺荊棘，黑色窗台上停滿烏鴉。

高塔中陰暗潮濕，空氣中的氣味讓人想到綳帶下腐敗潰爛的皮膚。食心女巫站在黑暗之中，淌著血的胸口中一顆懸浮的心臟微弱地跳動，像獵人槍下奄奄一息的野兔。

「我的心臟呢？」女巫染血的嘴角勾勒出殘忍的弧線。

「他就是您的心臟，自願獻上的心臟。」狼女說，口氣聽起來像送到女巫面前的是一塊草莓蛋糕。

「你，到我面前來！」女巫難掩飾狂喜。

騎士走到食心女巫面前。「尊敬的女皇呀！我自願為您獻上我的心臟。但在您收下它之前，我為您帶來一件代表真心的禮物。」騎士單膝跪下，高舉雙手，像虔誠禮彿的信徒。

在女巫面前的，是一顆亮晃晃的蘋果；鮮紅飽滿，甜美如秋日的收成。

女巫像初次踏出籠子的小狗，先是愣了一下，接著伸出乾枯顫抖的雙手，接下紅蘋果，喃喃說道：「好久好久以前呀～成千上萬的人，自願送上他們的真心～好久好久以前。」說完，她低頭咬下蘋果。

吃下蘋果的女巫像溺水的口鼻，掙扎著想呼吸。她發出如指甲刮過生鏽金屬般的尖叫聲，手指在咽喉上留下血痕一道道。暗紅色的心臟從她胸口的空洞掉出，像跌出玻璃缸的金魚，在地上掙扎跳動，最後與呼吸一起停止。

女巫死了，像淘氣孩童指頭下的螞蟻。

騎士與狼女走出高塔。狼女見到在塔外等候的鴨嘴小狐狸，忍不住衝上前去，開心的抱著牠又親又跳。牠們氣喘吁吁笑彎了腰，等平靜下來抬起頭來看到對方時，忍不住驚聲尖叫。

狼頭不見了，紅色帽兜下是張少女的臉。清麗的臉龐泛著紅暈，一雙靈巧的藍色大眼睛，火紅色的長髮飄呀飄，臉上八顆黑痣像一閃一閃的小星星。

站在對面愣愣盯著女孩的，是個英俊的王子。身穿白色鵝絨披肩，腰間佩戴金色長劍，長得像浪漫詩人為愛人寫下的情詩，好看極了！

少女和王子手牽著手，向騎士走來。臨別前，王子從披風中掏出一把枯枝遞給騎士，說：「這是冬月草，」他給了騎士一個神祕的微笑，「它能治療所有你意想不到的事情。」

說了再見，騎士和神騎踏上歸途。轉身離開的同時，聽到身後傳來少女的聲音。「騎士！」少女大喊，「謝謝！謝謝你！你是英雄！」

小漁村裡

「英雄！英雄！吳英雄！」

英雄從床上跳起來，看見媽媽漲紅的臉上青筋浮出。一時之間英雄誤以為自己還在夢中，女巫死了之後又來了一個夜叉。

「還在做夢！上學又要遲到了！」媽媽像言情小說裡的男主角，口水噴得英雄滿臉。

英雄的媽媽個子矮小、身材圓胖，跟所有生在港邊的漁婦一樣，臉上有著深深淺淺的曬斑；她這輩子最大的願望是希望英雄能成為人人都想摸摸頭頂、說聲好棒啊的模範生。

可惜願望就像蛋糕上的蠟燭一樣，輕輕一吹就只剩煙。媽媽將制服、襪子往英雄臉上一扔。「起床啦！」她很後悔當初沒將英雄剁一剁攪拌蝸牛扔去餵雞。

「英雄，又勾遲到了吼！」

港邊挑撿螃蟹的婦人們像滿樹的烏鴉一樣大笑，英雄低著頭猛踩踏板加速離開。遲到的英雄跟漁網中混在烏魚群裡的河豚一樣，總是在不該出現的時候出現。

晴天或下雨、起風或無浪，每個早晨，英雄都會騎著他的腳踏車去上學，沿著一望無際的海平面，經過與太陽一同甦醒的碼頭，穿過白色制服的海風發出風帆鼓動的啪啪聲。碼頭混合著太陽、海風、細沙，丟棄的牡蠣殼、混著魚血的冰塊和白日夢的味道。

英雄喜歡這條上學的路。烏雲遮日或蔚藍晴空、和風細雨或驟雨狂風，這條路是他每天白日夢的開始。從獨眼海盜手中死裡逃生的漁船才剛入港，還帶回滿船的妖鑄金幣；躲在廢棄漁網下的鬼鮫人正盯著美麗而貧窮的補網少女，準備用牠喉嚨裡的珍珠跟她的父母交換她為妻。海洋裡的故事還沒結束，森林裡的冒險已經開始。

昨晚的夢真是太刺激了，能想到毒蘋果這一招，實在太聰明了！英雄忙著回味夢裡的冒險，沒注意到前面有個人。等他回過神來，已經連人帶車摔在地上了。

「唉唷！吳英雄，會不會騎車呀！痛死ㄌ！」

「啊～李大和，對不起！對不起！」

英雄和李大和一個捂著頭，一個抱著膝，跌坐在地上。摔落地面的加速度揚起滿天塵沙。

「痛死了！都破皮啦！」李大和對著膝蓋上的傷口吹氣，抱怨道。

「對不起啦！你也遲……」話沒說完，英雄就發現李大和左手拿著釣竿、右手拎著生鏽的牡蠣桶，桶裡灑出的活蚯蚓拚命地想往地裡鑽。

「你……你這是要去哪裡呀？」英雄覺得自己的問題很蠢，好像有句成語，用在形容明明知道答案了還要問，他一時想不起來。

「明知故問。」李大和站了起來。他似笑非笑，朝英雄揚起一邊的眉毛，對他發出無聲的邀請。

英雄從地上跳起來，拍拍身上的塵土，將書包和媽媽的模範生夢一起丟向天空。管他的呢！搞不好能釣到一條大石斑，也許媽媽就會因為晚餐能加菜而下手輕一些。

造夢國裡

「好啦！開心點嘛！」魚兒粉紅色的眼睛一眨一眨，聲音甜得像泡在糖漿裡。

「如果是我，就會想辦法搶回來！」比起安慰，迷雅更擅長火上澆油。

班低著頭盯著泡在游泳池裡的腳，「唉～」他大大嘆了一口氣。

這幾天夢精靈們的心情特別好。

夢之城突然心血來潮，化身五星級大飯店，提供所有頂級服務。除了游泳池、水療館、餐廳、酒吧、保齡球室，還有精品店及貴婦精靈逛精品店時，專業的兒童看護和兒童遊戲室。男精靈們最愛的是蒸氣浴和各類球室，女精靈們偏愛精油按摩完後，點杯冰草莓拿鐵，坐在躺椅上曬太陽。不過最受精靈們歡迎的還是客房服務，他們會把菜單上所有餐點都點一遍，然後窩在鵝絨床上把它們通通吃光。

不過班完全沒心情享受這些。他的「夢」被夢妖拿走了。

除了夢精靈，造夢國裡還住著另外一個族群，專門製造惡夢，稱為「夢妖」。夢妖沒有名字，因為他們長得都一樣。夢妖們身材矮小，面色鐵青、眼窩凹陷，頭髮跟眉毛一樣稀疏，而且總是在發抖。總之就是長得一副惡夢纏身的模樣。

根據造夢守則，當「人吶」連續三天負面情緒超過正面情緒的二分之一以上時，夢妖就會取走夢精靈的「夢」，直到正面情緒回復正常值時才會歸還。這其實是個惡性循環，當人們晚上開做惡夢，白天的情緒就會更糟、白天情緒愈糟，晚上只好繼續做惡夢。很多夢精靈的「夢」被夢妖取走了之後，就再也沒能拿回來。

「唉～」班繼續嘆氣。

「誰叫你讓波特先生做那個夢呀！笨死……」迷雅發現魚兒狠狠瞪了她一眼，趕緊把嘴閉上。事實上迷雅說的沒錯。

波特先生是班的「人吶」。雖然班不想承認，但他的確是個失敗的人，工作失敗、做人失敗、婚姻失敗，失敗一次又失敗，跌倒爬起來再失敗。

其實波特先生本來不那麼失敗。開始他是個小有名氣的脫口秀主持人，擁有比一般人高一點的收入，有個比尋常女人漂亮一點的妻子，三個比大多數孩子聰明一點的兒子，開著貴一點的車子、住著大一點的房子、享受著享受多一點的日子。

可惜一切從多一點開始改變。紅酒從一杯一瓶到酗酒、手氣從撲克麻將到豪賭、毒品從放鬆微醺到成癮；於是像魚線串起珍珠，失敗串起了波特先生的人生。

班每天想儘辦法讓波特先生有個美夢，好讓他忘掉自己失敗的人生。但自從他輸掉無名指上的結婚戒指後，無論班再怎麼努力，都沒辦法讓他的心情好起來。

這一天，班想到了一個完美的夢，他有自信一定能讓波特先生開心起來。

沒想到，隔天早上波特先生夢醒之後，坐在床上大哭了三個小時，哭得眼淚鼻涕直流，抽抽答答不止。

三天之後，夢妖就來收走班的「夢」。

「到底是什麼可怕的夢呀？」迷雅問。夢妖來的那天，魚兒和迷雅用最快的速度來到班的身邊。魚兒甚至顧不得她這個小時只觀測了凱特五分鐘，還沒達到造夢守則的最低標準。

「我讓他夢見回到失敗前的人生呀～漂亮的老婆煮了香噴噴的晚餐，一家五口幸福的晚飯後兒子們拿出第一名的成績單。然後一起看脫口秀⋯⋯」

「吼～班！」迷雅和魚兒異口同聲。

「白痴呀！」迷雅忍不住補一句。

班想著被夢妖收走的「夢」，魚兒羨慕著泳池畔的比基尼精靈女郎，迷雅眼看就要錯過佩琪小姐的慶祝派對。「唉～」三人同時大大嘆了一口氣。

迷雅和佩琪小姐約好，要為她慶祝連續三季獲選「模範夢精靈」。佩琪小姐還準備了超難烤的冰蛋糕。

會獲選模範夢精靈，迷雅也很意外。在造夢國，每三個月會評選一次模範夢精靈，評分標準是由資深夢精靈組成的評審團，隨機抽樣每個精靈的「人吶」在夢境中釋出的愉悅指數及夢醒後快樂心情的延續時間。簡單來說，就是要看哪個精靈能創造出最讓人開心、又回味無窮的美夢。

佩琪小姐已經著手為迷雅準備「年度最佳夢精靈」的領獎禮服了，她很有把握年度精靈一定是迷雅。畢竟迷雅現在是造夢國裡最受矚目的新星夢精靈，連「夢報」都為她刊登滿版的專訪。現在迷雅走到哪裡會有一群小粉絲精靈偷偷摸摸地跟在後面，只要迷雅朝他們望一眼，他們就會像發現廣場上有麵包屑的鴿子，開心的發出咯咯咯的笑聲。

迷雅一度考慮再讓英雄夢幾天的魚或樹，好讓她擺脫那些幻想她身後會花粉落下的蜜蜂。但她不想錯過任何一個英雄的精彩冒險，於是只好把希望寄託在魚兒身上。

從迷雅拿到第一個模範夢精靈開始，魚兒就發誓下一個一定是她。她在夢裡滿足了她的「人吶」凱特的所有心願，全球限量的包包、雜誌上的水鑽高跟鞋、最新秋冬款新裝……其實凱特夢中的愉悅指數一直高得爆表，只可惜夢醒後的快樂指數拉低了分數。迷雅希望魚兒能早點克服這一點，然後將最佳年度夢精靈的獎座抱回家。

沒辦法，要她穿著緊身禮服對著鏡頭露出迷人的笑容，她一定會當場吐出來。

紅天鵝與半透明噬血人

從夢老手中接下英雄後，迷雅就用各種不同方式和英雄在夢裡探險。變成星星的少女、臉前有一朵烏雲的女孩、鹿人、樹精、羊妖；不管動物、植物、怪物，迷雅都扮演過。

今天，她還想再多加一些些。

冷風颼颼。

到處積滿了雪，市集裡的遮篷頂潔白如小女孩的羊毛帽。寒冷在神駒一張一閉的鼻息間凝結成白煙。

進入森林之前，騎士來到小鎮的市集。雖然是冬天，市集裡依然人聲鼎沸，充斥著各式各樣的交易和形形色色的人們。

推車上擺滿秋天養肥了的蘋果、溫熱的鮮雞蛋堆成小山、羊肉餡餅在油裡煎得滋滋作響、長柄鍋裡蜂蜜色的糖漿沸騰，在李子上裹成糖衣、古董商的愛妾換下緞面金絲繡花鞋，試穿內襯是獺兔毛的小皮靴；屠夫掂量著左手的刀重還是右手的斧沉，家中有待嫁女兒的婦人駐足玉石商的攤位前，祖母綠、紅瑪瑙或翠玉手鐲難以決定。

到處都是討價還價的聲音、車輪嘎吱作響的聲音、女人手中頭下腳上的老母雞發出刺耳咯咯的聲音、錢幣互相碰撞清脆響亮的聲音，還有神駒噠噠馬蹄的聲音。

騎士打算為神駒換副新蹄鐵，順便為自己添壺燕麥暖酒。冬天要進森林拯救他人前，總要先把自己保護好。

香茅烤魚的滋味真好妙，可惜他再也吃不下了。離開前，騎士注意到一個專賣各類鳴禽的攤商，不大不小的攤位裡擠滿了各色各樣大大小小的鳥類。

隨處可見的麻雀、鴿子、白頭翁；普通的水鳥、畫眉、黃山雀；珍貴的天堂鳥、彩虹巨嘴鸚鵡、會背詩的西印度八哥、體型大如小象的婆羅犀鳥，甚至是鳴叫間會吐出珍珠的青鳥、羽冠由藍寶石串成的藍冠孔雀，「只要叫得出名字的鳥類我都有。」抽著水煙的大鬍子鳴禽商人說。

吸引騎士目光的是隻紅天鵝。火紅的羽毛、長長的頸子彎成完美弧線，小巧的鵝蛋臉上有亮亮的黃喙和藍色的眼睛，如果不是細小的腿上綁著皮繩，牠應該隨時會旋轉起舞。

「請問，這隻紅天鵝可以賣給我嗎？」騎士目光離不開美麗的天鵝。

「當然，我的攤位裡所有的東西都有個價，」鳴禽商人的大鬍子裡吐出一個接一個煙圈，「你願意付出多少？」

「我剛為我的馬換了新蹄鐵，又買了燕麥暖酒，只剩下這些了。」騎士攤開的掌心上躺著幾枚舊銅板，心裡後悔著應該買比較便宜的青稞酒。

「很抱歉，穿著青銅盔甲的男孩，這些錢還不夠買隻烤乳雞。」大鬍子鳴禽商人說。

騎士嘆了口氣，早知道連燕麥酒都不該買。

「不過，」大鬍子鳴禽商人用他被下垂的白眉毛覆蓋住的眼睛，打量著騎士，「你可以用身上的盔甲與我交換。」

騎士迅速地脫下他的頭盔、胸胄和腕甲，暗自慶幸還有一壺燕麥酒可以保暖。

騎士為紅天鵝端來一碗清水，用麥桿和柔軟的水鳥羽毛為牠鋪了軟床。

從早到晚，騎士像吟遊詩人般喋喋不休，向紅天鵝訴說著他的森林冒險，彷彿紅天鵝是曲終人散後他唯一的觀眾。

月亮爬上茅草屋簷。騎士說完侏儒的故事後走出屋外，抬頭看星空。還是不見北極星。北極星和北斗七星消失好一陣子了，騎士擔心森林中的旅人會不會找不到方向？

當騎士猶豫著是否要暫時放下紅天鵝，到森林裡看看時，身後的屋子裡傳出一陣陣狼嚎。騎士轉身回屋，推開門，眼前的景象讓他目瞪口呆。

紅天鵝不見了。鳥羽軟床上站著一個赤腳少女，火紅長髮及腰。月光灑在紅髮少女的左側臉，發出的光芒近乎刺眼，讓騎士看不清少女的長相。不過他確定，對著窗外月亮發出狼嚎的，就是眼前的紅髮少女。

像是呼應少女的嚎叫，騎士身後傳來陣陣踏著落葉與塵土的獸足，雖然足步聲輕巧，但從聲音聽起來，數量絕非一二。

果不其然，才一眨眼，屋內擠進一群狼。

狼群中體型最大的像頭雄獅，最小的巧如山貓。所有的狼毛色都不同，白、黑、灰、綠、黃，像是小丑臉上的妝，看得騎士眼花撩亂。

「別怕，他們是我的哥哥。」少女的聲音甜如蜂巢。

騎士這時才看清少女的長相。原來刺眼的光芒不是因為月亮，而是她臉上的星光。少女潔白的臉上有八顆一閃一閃的星星，其中最亮的光源來自左眼下方，閃爍的光芒像極了北極星。加上少女的藍眼睛，整張臉就像窗外的星空。

少女用細長白皙的手指摸了摸臉上的星星，看著騎士，開口說：「剛才一直聽你說故事，現在，換我來說說我的……」

我叫蜜亞，意思是愛做夢的精靈。

我出生在一座爬滿薔薇花藤的白色城堡。積雪開始融化，溪谷間水仙冒出綠芽，女孩的窗前開出粉紅杜鵑。希望如嘴裡含糖的孩子一般雀躍。

和所有春天出世的嬰孩一樣，我一出生就充滿祝福。尤其在母親生了十二個兒子之後，我的到來更是讓雙親滿心喜悅，就像落魄的寶石商人意外獲得鑲嵌在蛇妖眼中的紅寶石。

我在母親的親吻、父親的寵溺及哥哥們的手心中長大。得神眷顧，我如蘋果樹般成長茁壯，並且擁有美貌。像是灑上玫瑰糖霜的核棗冰糕般，甜膩誘人。我有湛藍色的眼睛，深紅色的頭髮，藍得讓藍寶石羞愧，紅得讓紅寶石為我著迷。

我從不擔心久旱的大地讓小麥枯萎，每個涼涼的早晨都有飄著堅果香的麵包，吱吱喳喳的珍珠小鳥在我手中分享啄食。我不用擔心連日大雪凍壞了雪地裡的小鹿，純白貂毛斗篷溫暖如母親的懷抱。我像在玻璃溫室中被悉心照料的鬱金香，忘了世上還有冬雪秋霜，一心過著我的幸福生活。

直到十一歲生日那天。

那天，春日一如既往到來。微風吹來杏仁香。

園丁將小巧綠松修剪成圓頂篷蓋，花匠細細修剪黃玫瑰上的尖刺，將它們編織成美麗花籃。廚師們忙著將淋了金黃蜂蜜的鬆餅、清晨露水釀成的葡萄紅酒，端上花園中覆蓋白色蕾絲絹巾的鑄銀餐台。色彩繽紛的水果撿選成堆、綻放的花兒與吹笛人吟唱著祝福的歌。

仕女為我盤起罌粟花色的長髮，戴上珍珠項鍊與翡翠花冠。我即將成為真正的公主。花園中的生日宴會盛大奢華，從白天持續到黑夜。滿天煙花隱匿了星光，夜空姹紫嫣紅。人們高歌舞蹈，月光下杯觥交錯，快樂如天空與海洋的交界一般，沒有盡頭。

只是筵席終有結束的時刻。

沒有人知道他何時出現，就像悄悄爬上眼角的皺紋，當你發現時，他已經在那裡了。從輪廓看起來，他應該是個男人。但與其說是人，還不如說是半透明的霧或煙，就像伸出手能夠穿越瀑布一樣，穿過他的身體。唯一具體存在的，是他白色的眼球，只是裡面沒有瞳孔。

「愚蠢的人們吶，」半透明的男人說，聲音冰冷如死者之手。「你們的歡樂驚動了我。」

賓客們飛奔逃竄。四周都是尖叫聲及水晶杯破裂的聲音。我心愛的黃玫瑰都被踩碎了。

只剩下父親、母親、哥哥們和我。我們無處可逃。

「你們將為此付出代價。」男人看著我們，用沒有瞳孔的眼睛。半透明的男人伸出霧的手指，一一數過哥哥們，像牧羊人數小羊那樣。男人口中喃喃唸著像是某種惡靈的詛咒。然後，我的哥哥們一個接著一個，變成了一隻一隻的狼。

接著他用沒有瞳孔的眼睛望向我，像是不能浪費水晶杯底最後一滴的昂貴紅酒。「至於妳……」

「至於我，」蜜亞哀傷的藍眼睛像是要滴下水晶。「我就成了你現在看到的樣子。」她說。「白天我是隻天鵝，森林裡最無害也無用的生物，夜裡，我變回女孩。我的臉是星空，將北斗七星及北極星留困在臉上，讓森林裡的旅人迷途、田野邊的醉漢找不到回家的路。」女孩垂下睫毛，纖巧的手指輕拂白狼晶亮如雪的皮毛。「好讓哥哥們更輕鬆得找到獵物。」

「他……他吃人的心臟嗎？」騎士用手護著左胸，計算著沒有盔甲的保護，會在多短的時間內失去他的心臟。

「誰要吃心臟呀？」說話的是最小的那匹狼，體型沒有比山貓大多少，薑黃色的皮毛讓人覺得牠應該待在小女孩的腿上而非森林裡。「我們要的是人血！」黃色小狼不屑的說。

蜜亞笑了笑，輕聲說：「這是我最小的哥哥，愛德華。」

「我們為噬血人搜集人類的鮮血，」愛德華說。「要知道噬血人為什麼喝人血，先要知道他為什麼變成噬血人……」

噬血人本來不是噬血人。他本來有個如拳頭般結實的身軀，健壯的肌肉拉扯著骨骼，奔騰的血液在體內竄流。

他有肉桂色的皮膚，亞麻色的眉毛，頭髮像被太陽曬褪了色的棕色布簾。

他本來是太陽之子的子民，在最靠近太陽的地方生活。

太陽之子是世上最單純善良的人民。他們像太陽一樣熱情，像草一樣老實，像山羊一樣可愛，像星星一樣有顆悲天憫人的心。

他們不貪心，太陽給了他們所需的一切。他們挖掘夠吃的馬鈴薯，捕撈數量剛好的鮭魚，不多拿一顆鵪鶉蛋、不擠榨多一滴的胡桃油、鞋衣足夠遮蔽保暖就好。

白天，太陽給他們能量，夜晚，他們以星辰為光。他們知道滿足，懂得足夠。

直到有一天，來了一個黃衣商人。

商人身上的黃，比太陽還刺眼，閃耀的色澤如黃金。商人穿著黃金大衣、戴著黃金戒指和鑲著黃金的牙齒。

除了黃金，商人還為太陽之子帶來了寶石、玉器、瑪瑙、天堂鳥、珍珠扇貝、象牙水煙……從太陽存在之初他們就沒見過的珍寶，多到數不清。

但是太陽之子不需要這些。他們不要紅寶石，那不能當打火石、他們不要珍珠扇貝，鮭魚已經夠美味、他們不要美麗的鳥兒，他們的老母雞會下蛋就好。
黃金商人很失望，準備離開。「你們可以在有黃金的地方找到我。」他對村民說，他知道他並非徒勞無功。
這天夜裡，有個太陽之子的子民，肉桂色皮膚的年輕人，趁著族人枕著星光入眠時，就著月色，悄悄離開最接近太陽的地方。
年輕人走了三天三夜，或是更久。但不要緊，他的雙腿強而力，猶如蛇結實蠕動的腹部，也像鷹強勁寬闊的翅膀，將他帶到黃金商人種滿黃金果樹的山頭。
黃金商人坐在黃金岩石上，彷彿預知年輕人的到來。
「我一直在等你。」黃金商人開口。聲音像流動的黃金，深沉黏膩。
「我……我想知道，怎麼樣才能擁有這些？」年輕人膽怯的眼睛看著商人身上的寶石華服。
「你可以擁有的更多。」商人笑了，露出的金牙閃閃發光。
商人帶著年輕人，穿過最繁華的城鎮。那裡的男人們穿著及地大衣，腳上是閃亮的皮靴；女人們佩戴與衣服顏色相稱的珠寶，鑽石搭配銀狐衣領、紅寶石與血貂最相配。他們參加最豪華的宴會，魚子醬、烤羊腿、蜂蜜醃肉、飽滿欲滴的水果、色彩繽紛的甜點和喝不完的玫瑰紅酒。他發現，鮭魚加上奶油及迷迭香，美味多了。

他們享盡一切奢華，年輕人逐漸忘了光源自太陽，而非黃金。

「怎麼樣才能擁有這一切？」年輕人的眼裡閃著金黃色貪婪的光。

「黃金，」商人說，「黃金能讓你擁有想要的一切。」

「怎麼樣才能擁有這些黃金？」

「這些不算什麼，我們可以擁有更完美的黃金，只要能拿到太陽火種。」商人說。

「太陽火種？」

「是的，太陽火種。」商人瞇起眼睛，像是前方有火光跳動。「我其實是個鍊金術士。我提鍊出所有礦石中的黃金，巨人腳下金黃礦山的黃金、深海巨魷金眼中的黃金、妖精侏儒看守的黃金、女奴打造金牢的黃金。我擁有全世界的黃金，除了雙角人馬獸的黃金。」偽裝成商人的鍊金術士看了眼年輕人，接著說：「雙角人馬獸的角裡含有世界上最純淨的黃金，比處女的血液還要純淨。我用大量的黃金請來一隊勇士，割下了月光森林裡所有雙角人馬獸頭上的角。」

「你已經擁有他們了，為什麼還需要太陽火種？」

「因為，我無法提鍊它們。」鍊金術士轉過身，甩動他的黑辮子。「雙角人馬獸的黃金需要用世界上最熾熱的火焰才能提鍊，」他高高舉起的手指向熊熊燃燒的太陽。太陽照亮鍊金術士的臉，「太陽的火焰太熾熱，唯有太陽之子的子民才能靠近，」鍊金術士轉身面對年輕人，揚起一陣碎石和落葉。「圓月之夜，太陽火種會沉睡。那時，太陽之子可以進入太陽，取走沉睡中的太陽火種，」鍊金術士看著年輕人，提高音量：「所以，出發吧！年輕人。」

年輕人和鍊金術士達成交易。年輕人將太陽火種帶來給鍊金術士，鍊金術士將所有的黃金與年經人共享，包括雙角人馬獸角中最純淨的黃金。

年輕人走了三天三夜，或是更久。但不要緊，他的雙腿堅若磐石，就像山獅捕捉蹬羚時跳躍的後腿，也像鱘魚為抵抗暗流而擺動的尾鰭，將他帶到最靠近太陽的山頭。

太陽的火焰旺盛炙熱，但年輕人不畏懼。他是太陽之子的子民，向來與火焰共生存，就像母親的子宮與胎兒，他在火裡很安全。

年輕人坐在最靠近太陽的山頭，靜靜的等待太陽落下，黑夜來臨。

這一晚，月亮潔白圓亮如少女手中盛著草莓的銀盤。

年輕人悄悄爬進太陽，來到太陽的中心。一顆顆黃澄澄的太陽火種在太陽中心沉睡，小小圓圓，像會發光的蛋黃。年輕人捧起一顆，像剛敷出的小雞，放在手心刺刺癢癢，很溫暖。

年輕人將火種塞入衣襟，準備離開時，想起了鍊金術士的話：「你可以擁有更多。」慾望比火更炙烈。他將一顆又一顆的火種往衣服裡塞。

他的動作吵醒了太陽火種，它們開始燃燒。即使是太陽之子的子民，也承受不住燃燒中的太陽火種，他趕緊將它們抖落。

這個舉動驚醒了太陽。

太陽發現他的子民背叛了祂，震驚傷心不已。於是將他關進世上最黑暗的地牢，讓他變成最黑暗的生物，永世不能見到太陽。

年輕人在黑暗地牢過了十年、二十年、五百年，或者更久；在黑暗中，最不重要的就是時間。

直到有一天，一隻烏鴉飛到他的窗前。

他先是聽到羽翅劃破冷空氣，振振作響的聲音；接著聽到窗臺上傳來鳥喙穿過油亮羽毛的窸窣聲，那聲音聽在寂靜了五百年的耳裡，音量大得驚人。

「是誰？」年輕人驚訝他還沒喪失說話的能力。

「我？我是隻烏鴉呀，看不出來嗎？」烏鴉回答。聽牠的口氣，像年輕人正低頭問自己的腳指頭是什麼？

「這裡是世上最黑暗的地牢，什麼也看不見。」年輕人說，「為什麼你會來這裡？你在黑暗中看得見？」

「原來如此！我沒差，反正我本來就看不見。」盲眼烏鴉說，在黑暗中聳了聳肩。

年輕人同情烏鴉從沒看見過的雙眼，他告訴烏鴉他褐色的眼睛曾經看見過的世界。藍天白雲、青鬱森林、積雪的屋簷、含苞的水仙、無雲夜晚閃爍的星星，天空上飛翔的雲雀和心愛女人的眼睛。

「真希望我也能看見這一切！」烏鴉的盲睛閃著羨慕的光芒。「你逃吧，我在黑暗中也能找得到路，可以帶你出去。」烏鴉嘎嘎的說。

「逃不出去的，」年輕人絕望的說。「這個地牢的鎖是用公黑喙鬼鴉的金羽毛打造的，連三歲小孩都知道，鬼鴉金羽鎖沒有任何東西可以打開。」

盲眼烏鴉用黑色的喙理了理左翅漆黑的羽毛，全身抖抖蓬鬆，咯咯發笑。「可是三歲小孩也都知道，母黑喙鬼鴉的銀羽毛，可以打開任何東西。」

盲眼烏鴉張開翅膀，一片漆黑中年輕人看見閃耀在烏鴉左翅上的銀色羽毛。

「曾經是太陽之子的年輕人，用他的眼睛跟鬼鴉換來了銀羽毛，」愛德華說，「畢竟黑暗中，最不需要的就是眼睛。」

「黑喙鬼鴉販售用公金羽打造的鎖，而作為鑰匙的母銀羽，只用來交換。」黑色巨狼說話了，聲音低沉渾厚如鼓。

「這是我的大哥，亞得。」蜜亞說道，笑容甜膩。

黑色巨狼用狼吻蹭了蹭蜜亞的臉，充滿憐愛。「離開地牢的年輕人發現他久未見天光的血肉身軀變成了半透明的煙霧狀，喉嚨和胃也因長年未進食，而無法吞嚥及消化；於是他開始靠飲血過活，成為了噬血人。」

「可是野兔血容易餓、山羊血有羶味、鹿血太鹹、山貓血苦口，」愛德華搶著接話，「所以他找上了我們，為他帶回鮮甜的人血。」

「我知道怎麼對付噬血人！」騎士突然大喊。所有的眼睛看向騎士，草綠色的狼豎起牠的尖耳朵。「十字架！」他得意的說。

草綠色的狼打了個大大的哈欠。愛德華翻了翻白眼，說：「那是對付吸血鬼的！」群獅或坐或臥，或伸懶腰或撓耳背，土灰狼舔著牠腳掌上黑色的肉墊。蜜亞將頭枕在亞得的側腹輕輕閉上眼。沒有人在意如何對付噬血人。

「快想想，什麼方法可以破除噬血人的魔咒。」騎士堅持，彷彿變成狼的是他。

亞得蜷曲在蜜亞身邊，懶洋洋地說：「太陽，」聲音有如催眠用的擺錘。「除非你能把太陽帶到他面前。」說完牠闔上眼，看起來像是睡著了。

月圓這一天，蜜亞披上紅斗篷。她要將狼群們獵回來的鮮血帶給噬血人。為了防上血液因冷空氣而凝結，她將裝滿鮮血的骨瓷罐以斗篷覆蓋，緊抱胸前。

階梯無盡迂迴盤旋，繞過石柱、穿過門廊，像要深達地心；地窖內寒冷潮溼，透不進一絲光線。

噬血人以半透明煙霧狀的輪廓存在，用他唯一具體的白色眼球，茫然瞪視著蜜亞。「很好，我喜歡準時的孩子。」噬血人的嘴角揚起一陣煙霧，笑容扭曲變形。

蜜亞低頭不語，準備遞出青花骨瓷罐。只是當她掀開抖篷，剎時整個地窖充滿刺眼的光芒，像是有人把太陽塞了進來。

還來不及發出尖叫，噬血人就化成一縷煙消失了，如捻熄的煙蒂。假扮成蜜亞的騎士，拿著牧牛郎留下的夜明珠，愣愣地望著噬血人消失的地方。事情發展得太順利，有點不可思議。準備離開時，騎士發現覆滿灰塵的石桌上，有支閃著銀光的羽毛。銀羽毛沉甸甸，像銀鑄的鑰匙。「剛好我老是忘記帶鑰匙。」他將鬼鴉銀羽塞進口袋，想帶回家試試是不是什麼鎖都能開。

騎士氣喘吁吁的爬出地窖，蜜亞在月光下等著他。站在蜜亞身邊的，不再是狼群們，而是十二個英俊的王子。最高的亞得王子，髮色漆黑，笑容迷人深邃；個子嬌小的愛得華，薑黃色的頭髮和雀斑，像會偷鳥蛋的頑皮男孩。其他站在他們身邊的，綠色、灰色、銀色，各色頭髮的王子，個個英俊挺拔，器宇非凡。

「你成功了！好棒！」蜜亞拉起騎士的手，笑著說。騎士發現蜜亞臉上一閃一閃的星星不見了，變成了一般的黑痣。左眼下方的那顆，最顯眼。

騎士抬起頭看星空，北斗七星旁，北極星閃閃發光。

造夢國的夢

迷雅覺得自己要吐了。

「來！再一次～吸氣！」拉鍊終於拉上。「你最近吃太多奶油烤派了！」佩琪小姐嘀咕著，一邊對著她發紅的食指吹氣。「幸好還有時間，看是妳要減肥呢？還是我把禮服拿去修改？」佩琪小姐瞪著迷雅，用眼神告訴她答案。

迷雅沮喪得垂下肩膀。除了身上這件讓她窒息的紅色亮片小禮服外，還有剛才宣布的「年度最佳夢精靈」入圍名單中，第一個就是她。迷雅真希望自己聽錯了，或者一切都是夢；可惜兩者都不是，於是她只好乖乖的讓佩琪小姐在她身上又揉又捏，只為了將她塞進這件布料只夠包住剛出生小貓的衣服裡。

「你們看～是不是很美！」魚兒拉起粉紅色洋裝裙擺，在鏡子前踮起腳尖轉圈，揚起的長髮差點甩在迷雅臉上。從魚兒知道自己入圍年度夢精靈那一刻起，她就沒有停止旋轉。

迷雅雙手托腮，期待著快點天黑。除了結束這身惡夢之外，今天是她和英雄的奇幻冒險滿一年的日子，她要給英雄一個最難忘的夢。

過去一年，迷雅和英雄從天庭到龍宮、沼澤到荒漠；從月光到星子、太初到末世；魚怪的肚子、巨人的眼睛，山頭掛著六顆月亮的大川、名字長到寫滿三卷白綾的國家；他們到過所有不可思議的地方。

只剩下一個。

「英雄！英雄！吳英雄！」

英雄從床上跳起來。「完蛋！又要遲到了！」他迅速拉起棉被，像盾牌似的擋在面前，以抵禦媽媽飛扔過來的制服和襪子。

沒有動靜。

英雄慢慢拉下棉被，露出一截眼睛，像從灌木叢後探出頭的雛雞。他先是甩甩頭，想確定自己是不是做夢？又揉揉眼睛，還是一樣。

在他眼前的，是一個小女孩。紅頭髮，藍眼睛，臉上八顆黑痣，左眼下方的那顆，最顯眼。

「哈囉，我叫迷雅，」像害怕打擾英雄美夢似的，迷雅刻意壓低了聲音。「你的夢精靈。」

「夢什麼？」英雄剛睡醒的臉充滿疑惑，像捉到烏龜的浣熊。

沒理會他的疑問，迷雅笑了笑，將英雄從堆滿漫畫的床上拉了起來。

「要去哪呀？等一下！我……我還沒刷牙～啊～」英雄的聲音比腳步還踉蹌。

經過一陣呼嘯的風聲和彩色漩渦，英雄東倒西歪的著地。

「歡迎來到造夢國～」迷雅誇張的尾音像穿了燕尾服的火雞。

英雄置身一個粉紅色的大花園。粉紅杜鵑上停著粉紅點點翅膀的蝴蝶、粉紅頭冠的孔雀漫步花園，粉紅色長尾拖過花床、粉紅燈罩下路燈發出粉紅色的光、毛絨絨的粉紅蜘蛛爬上粉紅色的牆。英雄從沒見過那麼多粉紅，像是工匠忘了還有其他的顏色。

「是……因為夢之城想辦個粉紅派對。」迷雅害羞的低下頭，看著睡衣上的粉紅蛙。

「別管這些了，走，我帶你去認識我的朋友。」迷雅拉了拉英雄的衣袖，用她擦了粉紅指甲油的手。

「噓～別出聲！」迷雅右手食指抵在自己唇上，左手掌捂住英雄差點驚呼出聲的嘴。「歡迎來到夢工廠！」她悄聲說。

英雄站在平臺上向下望，密密麻麻的彩色光點，像聖誕樹上發光的霓虹小燈泡，也像山谷裡的螢火蟲。仔細一看，才發現閃爍的光點前面，都有個一小小的人頭。

光點和人頭，不計其數。

「他們都是夢精靈，」迷雅凝視著光點，「工作是完成人們的夢。」

迷雅帶著英雄走下平臺，沿路告訴他造夢國的由來，夢之城的善變，以及夢精靈們如何完成人類的夢。關於造夢國的一切，像床頭故事般，迷雅一字一句讀給英雄聽。

「這是魚兒，我最好的朋友。」英雄和迷雅躡走躡腳的來到魚兒後方。魚兒的工作檯上貼滿讀書時的獎狀。

「你看，魚兒讓凱特得到朝思暮想的真絲洋裝。」迷雅笑著說，「她總是能滿足凱特所有的夢想。」螢幕裡，有個金頭髮女人，穿著一呼吸就要繃開的紅色洋裝，跳著奇怪的舞，讓英雄想到海鷗一來沙灘上四竄的螃蟹。

「那個看起來很苦惱的是誰呀？」英雄好奇的問。

順著英雄指的方向，迷雅看見深深掐進頭髮裡的十隻手指頭，不斷撥弄紫色的亂髮，彷彿這樣就能從頭皮裡榨出想法來。

「噢！可憐的班。」迷雅噘著嘴說，「他剛從夢妖手中取回「夢」，不過他嚇壞了，完全不知道該讓波特先生做什麼樣的夢。」

迷雅用下巴指著班旁邊白髮蒼蒼的老先生，「那個一直打瞌睡的老頭子是夢老，我就是從他手中接過你的。」從背影看起來，英雄覺得他應該有一百歲了。

「他今年一百一十一歲了！」迷雅嘖嘖地說。

「既然他退休了，為什麼還在這裡？」英雄想起魚跟樹的夢，一身冷汗。

迷雅聳聳肩，說：「誰知道呢？也許在這裡他才睡得著吧！」

這時，突然傳來「哄」的一聲，像是什麼東西著火了。迷雅和英雄嚇了一跳，朝聲音望去。

「糟了！」迷雅差點喊出聲。「佩琪小姐忘了提醒麥先生，白酒蛤蜊加萊姆酒之前要先關火。」

佩琪小姐紫色的「夢」裡，有個眉毛冒著煙的瘦小男人，面前一鍋黑呼呼像煤碳的東西，身邊還有一群不斷尖叫的胖女人。

英雄很想知道接下來會發生什麼事，但他的眼睛被另一個「夢」吸引了。在佩琪小姐旁邊，有個紅髮精靈，專心的看著她閃著藍光的「夢」。「夢」裡有個小男孩，正盯著自己。

迷雅笑了笑，伸手越過自己紅髮披肩的背影，從她的工作檯上悄悄拿起「夢」，舉到英雄面前。「挪～這就是你的「夢」。」迷雅臉上藍光跳動。

英雄瞪大了眼的看著他眼前的「夢」，「夢」裡的他像照鏡子般回瞪著自己。一切不可思議得像場夢。

迷雅和英雄坐在粉紅大理石上，粉紅美人魚雕像從魚尾噴出粉紅色的噴泉。英雄很好奇粉紅色的葡萄吃起來是什麼味道。

「這裡的一切都不是真的，」迷雅望向粉紅色的天空，星星閃著粉紅寶石的光芒。「我好想看看真實的世界，看看你的那片大海，」迷雅望向英雄，藍色的眼睛像吸飽了海水。「還有北極星閃爍的星空。」

「簡單呀！我帶妳去。」英雄笑著說，兩條腿晃呀晃。

迷雅聳聳肩，輕輕嘆口氣，不置可否。

「我還能來找妳玩嗎？」英雄像個意猶未盡的小孩。

「其實……如果艾莎女士發現我把你帶到造夢國，我就……」她垂下眼，長長的睫毛透著粉紅色的光。「對了，這個可以看到另一個你喔！」迷雅指指放在大腿上的「夢」，說：「想看嗎？」她俏皮的向英雄眨眨眼。

「夢」裡沒有藍光閃耀，只有一片火光。熊熊火焰燃燒，伴隨瀰漫的煙霧，什麼也看不見。只隱約聽見刺耳的警笛聲中，有人呼喊英雄的聲音。

「糟了！」迷雅驚呼，「要快點回去，不然你會在夢中無法醒來，」她的聲音止不住發抖，

「你會被燒死的！」迷雅拉起不知所措的英雄，奔往造夢國的出口。

只是他們的腳步還未邁開就不得不停下。艾莎女士風一樣地出現，身邊站了兩個頭戴純銀頭盔，身穿渡鴉羽飾外套的精靈警，足足有迷雅和英雄的兩倍高。而從艾莎女士身後探出一雙眼睛，閃著和粉紅水晶燈一樣的光。

「魚兒！」迷雅愣住了，不敢相信自己的眼睛。

魚兒從艾莎女士身後走出來，滿臉怒容。「一直都是我，」她憤憤地說，「模範生是我，被稱讚的是我，憑什麼現在大家討論的都是妳？」魚兒突然安靜下來，臉紅到耳根。「連班喜歡的都是妳！」她從喉嚨裡擠出最後一點聲音。

「夠了！」艾莎女士吼道。「該死的夢精靈，居然把人類帶到造夢國！你們，把他們兩個捉起來！」艾莎女士對精靈警下令，像指揮獵狗的圍場主人。

「快跑！」迷雅拉著英雄拚命向後跑，撞倒粉紅水晶路燈，踩爛粉紅杜鵑花圃，嚇跑粉紅羽冠孔雀。但敵不過精靈警強健的腳步，他們像離獵犬一步之遙的小鹿，等著後腿被利齒撕裂。

突然，從花叢中竄出一個身影，奮力撞向精靈警。精靈警重重摔倒在地，渡鴉羽飾飛散，銀頭盔彈了幾下，發出哐噹落地的聲音。

迷雅匆匆回頭，看到一顆薰衣草紫的頭頂在精靈警的肚子上，兩隻膝蓋呈跪姿壓在另一個精靈警的胸口。迷雅差點笑出聲，「是班。」她邊喘邊對著英雄說。

「快！我快壓不住他們了！」班大喊。

迷雅和英雄奮力跑到彩色漩渦前。

英雄看著迷雅，緊拉著手不肯放。「跟我一起走？」英雄說。

迷雅笑了笑，搖搖頭。

「可是，妳會……」

沒等英雄說完，迷雅用力一推，將英雄推進彩色漩渦之中。

黑穴屋

英雄坐在窗臺上，托著腮，沉默地看著這一切。

氧氣筒咻咻送出氧氣，點滴注射器的嗶嗶聲招來了小護士密斯蔡，媽媽伏在一邊紅著眼，另一邊戴著斯文金框眼鏡的醫生一臉愁容。

英雄討厭打針，戴著氧氣罩看起來很蠢。好在消毒水的味道像泳池，他還能接受，密斯蔡也蠻可愛的。不過那又怎樣呢？反正現在他也回不去了。

他跳下窗臺，蹲在媽媽身邊，聽著戴眼鏡的醫生對媽媽說：「吸入太多濃煙了，肺部有吸入性嗆傷，」醫生輕拍媽媽的肩，「我們會努力讓他醒過來。」

英雄看著困在床上的自己和不斷啜泣的媽媽，「一定要想辦法回去。」英雄想著。除了讓媽媽放心，他還要回去救迷雅。回不去身體裡，就無法做夢，去不了造夢國。

英雄懷念著和迷雅一起經歷的那些夢，狼女、紅天鵝、鴨嘴小狐狸…鴨嘴小狐狸！英雄想到什麼似的跳起來，伸手探進病床上他的長褲口袋，掏出一把乾燥的枯枝。

「它能治療所有你意想不到的事。」狐狸變成的王子在英雄腦海中笑著。

一陣風颳得英雄淚流不上，強風像把所有的東西都吹跑了，剩下的一切都是殘骸。漫天塵土、落葉和殘破的蝴蝶翅膀，空氣中混合著木頭、皮毛和過期香料的味道。夢之城像座廢墟。

迎面飛來一張破舊的報紙，英雄撿起一看，報上斗大的標題「關於叛徒迷雅被判終身監禁黑穴屋，年度夢精靈魚兒表示罪有應得」標題下方魚兒各種角度的照片，像六月一般可人。

「黑穴屋？」英雄一頭霧水。

英雄拿著報紙的手突然被猛然向後拉扯，將他拉進身後的黑暗小巷。

「班！」英雄驚呼。

班帥氣的琥珀色眼睛變得灰暗深沉，紫色頭髮雜亂糾結，英雄幾乎要認不出他來。

「你怎麼會在這裡？」班的聲音死氣沉沉，一如此刻的夢之城。

「我來救迷雅呀！」英雄回答，「你又怎麼會在這裡？」他接著反問。

「我看到你來了。」班無視強風吹來卡在他亂髮中的蜘蛛腿，淡淡的說：「迷雅被帶走後，她的『夢』就交由夢老保管。今天我看到藍光突然亮起，趁著夢老打瞌睡偷偷打開，」班冷冷的看著英雄，「結果就看到你。」

「班，你快告訴我黑穴屋在哪裡？我要救……」

「你救不了她的，」班沒等英雄把話說完，「黑穴屋像地心一樣黑，像巨人迷宮一樣大，鑽石烏鋼柵門上鎖著鬼鴉金羽鎖。就算你有本事在黑暗迷宮中找到迷雅，也不可能打開鬼鴉金羽鎖。」班說。「死心吧！」，斑的聲音充滿悲傷。

英雄什麼也沒說，向班招招手。像分享祕密的好朋友，他讓班看他口袋裡的兩樣東西。

兩人相視而笑。

「從這裡下去就是黑穴屋。」

順著班指的方向，英雄看到一個小小的山洞口，像森林裡的小狼窩。

「我不能離開太久，不然我們都會被發現的。」班捏捏英雄的手臂，像賦予騎士重任的君王。「一定要把迷雅救出來！」他說。

「我會的！」英雄揚起下巴，用力朝班點點頭，就像個英雄。

才踏進洞口，英雄就一路直直向下墜，彷彿這是個口井而不是山洞。跌落中隱約聽到班喊著：「忘了告訴你，不可以把迷雅帶出造……她會消……」

英雄重重摔到地面。

山洞裡只有黑暗。

「迷雅！迷雅！妳聽得見嗎？」英雄喊道，「我是英雄！」

除了黑暗，還有安靜。

英雄掏出夜明珠。頓時黑暗像被吸乾的茶，露出白瓷杯底亮晃晃。黑穴屋比英雄想像中還要大得多。鑽石烏鋼柵門的陰森洞穴一再重複，組成一副巨大單調的拼圖。

英雄拿著夜明珠，在黑穴屋中不斷大喊迷雅的名字。不知走了多久，英雄的後腳跟開始發疼。他努力想辨認哪一條路走過了，哪一條沒有？這時他身後突然傳來微弱的聲音，像羽毛飄上玻璃屋簷。

「英雄？是你嗎？」那聲音輕如幻覺。

英雄轉過身，迷雅蒼白的臉上八顆黑痣看起來好悲傷。

「迷雅！終於找到妳了！」

迷雅揉揉眼睛，藍色的瞳孔瞇成一條縫。「我看到了光線，也聽到你的聲音，以為自己在做夢。」迷雅疲倦的笑了笑，「我都忘了夢精靈不會做夢。」

「別說了，我來救妳出去。」

「傻瓜！這個牢門用鬼鴉金羽鎖鎖著，你打不…」

沒等迷雅說完，英雄從口袋裡掏出一根銀色羽毛，在夜明珠的照耀下閃閃發光。

從被關進黑穴屋以來，迷雅第一次開心的笑了。

英雄和迷雅手牽著手站在彩色漩渦入口。迷雅朝英雄點點頭，兩人一躍而入。

夢醒

迷雅深深吸了一口氣，閉上雙眼的臉像在太陽下翻出白肚皮的貓一樣滿足。「原來這就是大海的味道！」陣陣海風輕拂，「像貓薄荷和烤鯖魚！」

英雄盤著雙腿，和迷雅坐在堤防上，夜晚的海面波光粼粼，如成群星星舞動。

「妳看，北斗七星！」英雄指著夜空七顆閃呀閃的星星，形狀像盛水的長柄杓。從北斗七星第一和第二顆星星的方向，大約五倍的距離，就可以找到北極星。」

順著英雄的手指，迷雅看到一顆小小的，不特別閃亮的星星。

「什麼呀？原來北極星一點都不亮！」迷雅失望的說。

「哈！因為北極星是二等星嘛！」自然老師教的英雄居然記住了。

「有流星！」英雄興奮大喊，「快許願！」他閉上眼睛，用微笑的嘴角默讀心願。

迷雅藍色的眼睛映著火光，合十的雙手蒼白顫抖，像是無法承受自己許的願。

「妳許什麼願呀？」英雄望向身邊的迷雅。

星光下迷雅變得透明蒼白，像是某人的淡銀色影子。

「迷雅，妳怎麼啦？」英雄悄聲說，擔心稍一用力就會將迷雅吹散。

迷雅透明笑容裡的悲傷真實而沉重，她說：「從小，我就夢想能看到真正的星空，」虛幻的嘴唇發出的聲音比滴落的淚還輕。「即使離開造夢國的夢精靈會化成白煙，我也不後悔。」

英雄試著摟住迷雅，不讓她散去；然而就像試圖挽回溶在茶裡的糖，只是徒勞。

化成煙的迷雅輕輕搖搖頭，煙霧隨著擾動的氣流而散動。「沒用的，」她的聲音飄散風中。

「英雄，謝謝你，我希望你能永遠記得……」

一陣海風吹來。吹散了遮住月亮的雲，也吹散了其他。

英雄睜開眼睛。

白色日光燈管刺眼眩目。

密斯蔡熟練的更換點滴針頭，抬起頭的她注意到英雄睖著眼望著天花板。

「醫生！快來呀！吳英雄醒了！」密斯蔡快步跑出病房。

一陣喧譁的聲音朝英雄湧來。病房裡充斥著腳步聲、說話聲、哭泣聲、儀器聲……

英雄望向窗外的點點繁星，北極星眨眼般閃爍。

美得像一場夢。

THE END

釀奇幻09　PG1764

點翠師
——金車奇幻小說獎傑作選

策　　劃	金車文教基金會
作　　者	溫亞、彭靖文、蕭逸清、迷雅
插　　畫	Bmou
責任編輯	喬齊安
圖文排版	周妤靜
封面設計	王嵩賀

出版策劃	釀出版
製作發行	秀威資訊科技股份有限公司
	114 台北市內湖區瑞光路76巷65號1樓
	電話：+886-2-2796-3638　傳真：+886-2-2796-1377
	服務信箱：service@showwe.com.tw
	http://www.showwe.com.tw
郵政劃撥	19563868　戶名：秀威資訊科技股份有限公司
展售門市	國家書店【松江門市】
	104 台北市中山區松江路209號1樓
	電話：+886-2-2518-0207　傳真：+886-2-2518-0778
網路訂購	秀威網路書店：http://www.bodbooks.com.tw
	國家網路書店：http://www.govbooks.com.tw
法律顧問	毛國樑　律師
總 經 銷	聯合發行股份有限公司
	231新北市新店區寶橋路235巷6弄6號4F
	電話：+886-2-2917-8022　傳真：+886-2-2915-6275

出版日期	2017年6月　BOD一版
定　　價	280元

國家圖書館出版品預行編目

點翠師：金車奇幻小說獎傑作選 / 溫亞等作. --
一版. -- 臺北市：釀出版, 2017.06
面；　公分. -- (釀奇幻；9)
BOD版
ISBN 978-986-445-204-0(平裝)

857.61　　106007214

讀者回函卡

感謝您購買本書，為提升服務品質，請填妥以下資料，將讀者回函卡直接寄回或傳真本公司，收到您的寶貴意見後，我們會收藏記錄及檢討，謝謝！如您需要了解本公司最新出版書目、購書優惠或企劃活動，歡迎您上網查詢或下載相關資料：http:// www.showwe.com.tw

您購買的書名：________________________________

出生日期：________年________月________日

學歷：□高中（含）以下　□大專　□研究所（含）以上

職業：□製造業　□金融業　□資訊業　□軍警　□傳播業　□自由業

□服務業　□公務員　□教職　□學生　□家管　□其它＿＿＿＿

購書地點：□網路書店　□實體書店　□書展　□郵購　□贈閱　□其他

您從何得知本書的消息？

□網路書店　□實體書店　□網路搜尋　□電子報　□書訊　□雜誌

□傳播媒體　□親友推薦　□網站推薦　□部落格　□其他＿＿＿＿＿

您對本書的評價：（請填代號　1.非常滿意　2.滿意　3.尚可　4.再改進）

封面設計＿＿　版面編排＿＿　內容＿＿　文／譯筆＿＿　價格＿＿

讀完書後您覺得：

□很有收穫　□有收穫　□收穫不多　□沒收穫

對我們的建議：________________________________

____

____

____

請貼
郵票

11466
台北市內湖區瑞光路 76 巷 65 號 1 樓

秀威資訊科技股份有限公司　　收

BOD 數位出版事業部

……………………………………………………………………

（請沿線對折寄回，謝謝！）

姓　　名：________　　年齡：______　　性別：□女　□男

郵遞區號：□□□□□

地　　址：________________

聯絡電話：(日)__________ (夜)__________

E-mail：________________